直紀《なおき》とひみつの鏡池

山下みゆき

もなか◆絵

静山社

もくじ

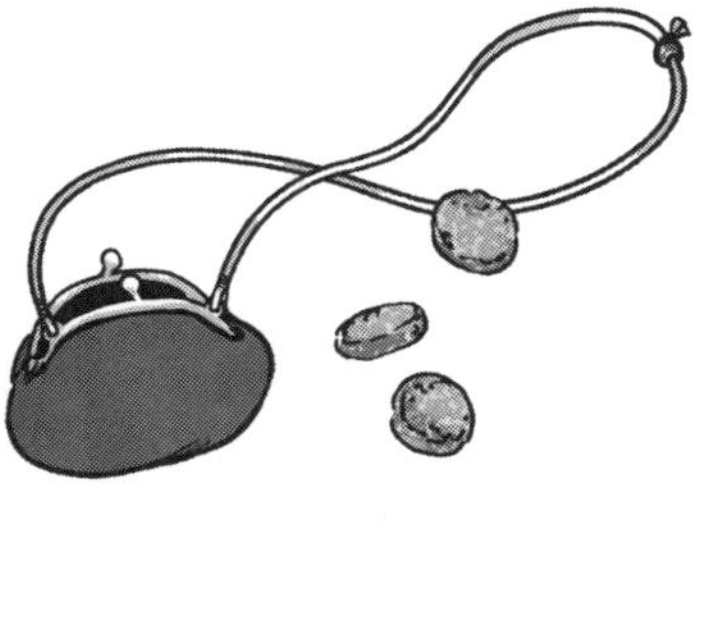

水盤《すいばん》に、新しい場所が映《うつ》った。

木と、青空……。

どこかの庭？


あ、猫《ねこ》。

白い子猫《こねこ》だ。

かわいい……。

「シロ？」

男の子の声がした。

「シロ、そこに何かいるの？」

見られないように、するりと身を引く。


もう一度水盤《すいばん》をのぞくと、子猫《こねこ》はまだそこにいた。

わたしを、待っていてくれたみたいだ。

「カ、ワイイ……な」
急に聞こえてきた声に、おどろいた。
のどのあたりが、くすぐったい。
わたしだ。
わたしが言ったんだ。
わたしは、声も出せるんだ。
それなら、この子猫《こねこ》の名も、よべるだろうか。
「シ……、シロ……」
よびかけて、そっと水盤《すいばん》をのぞきこむ。
子猫《こねこ》の口がゆっくりと開いた。
にゃー。
水面の向こうから、小さな声が返ってきた。

1 忙《いそが》しくなったぼくの放課後《ほうかご》

七月になって、本格的《ほんかくてき》に暑くなった。

「直紀《なおき》、お茶、入れておいたわよ」

エアコンの効《き》いたリビングで、ランドセルから連絡帳《れんらくちょう》やプリントを出していると、母さんがぼくに水筒《すいとう》を渡《わた》してきた。

「こまめに水分補給《ほきゅう》してね」

「うん、ありがとう」

ぼくは受け取った水筒《すいとう》のつめたい麦茶を、一気に半分くらい飲んだ。

「行ってきます!」

ぼくが毎日、放課後《ほうかご》に出かけるようになったのは、ぼくのおじさんが、近くに家を借《か》りたからだ。

おじさんは、母さんの十歳《さい》年下の弟だ。今、二十二歳《さい》で、見た目はぜんぜんおじさんじゃない。だけど、ぼくは小さい時から「おじさん」ってよんでいる。ぼくにとっては〝親せきのおじさん〟だし、なにより、本人がぼくに、「おじさんってよべ」って言う。

1
忙しくなったぼくの放課後

半年ぐらい前、ぼくが十歳《さい》になってすぐの二月。

大学へ行って四年間ひとり暮《ぐ》らししていたおじさんは、この街《まち》へもどってきた。

おじさんは大学を卒業《そつぎょう》することになったものの、高校の化学の先生になりたいのに、教員採用試験《さいようしけん》に落ちてしまっていた。あきらめず、次の年の採用試験《さいようしけん》に再《さい》チャレンジすることに決めたんだけど、今はお金がないみたいだった。

それで、この街《まち》で安く借《か》りられる部屋を探《さが》していた時、家賃《やちん》が、なんと月五千円の古い一軒家《いっけんや》に行きついた。

うちから自転車で十分の場所で、駅からも近い。

五千円は安すぎると思っていたら、その家の庭は、深い山奥《やまおく》のような霊気《れいき》があって、世間で「お化け」や「妖怪《ようかい》」とよばれるような、ふしぎなものたちが引《ひ》き寄《よ》せられてくる場所だった。

ぼくらがそれを知ったのは、おじさんが家に住みはじめてしばらくしたころ、庭に、迷子《まいご》になった山の精霊《せいれい》が現《あらわ》れたからだ。そもそも、家を貸《か》してくれた水野不動産《みずのふどうさん》の「水野又吉《みずのまたきち》」さんは、化《ば》け猫《ねこ》だった。ぼくらは「水野《みずの》さん」とよんでいる。

水野《みずの》さんは、この街《まち》で生きるふしぎなものたちの相談役をしていた。

そんなわけあり物件《ぶっけん》だったと知っても、おじさんは逃《に》げ出さなかった。

それどころか、これまでその家に住んだ人たちと同じように、庭に来るふしぎなものたちの世話をすることを水野《みずの》さんに約束《やくそく》し、この庭を任《まか》された者が代々《だいだい》受《う》け継《つ》ぐ槍《やり》も引《ひ》き継《つ》いだ。槍《やり》があるのは、庭に危険《きけん》なものが来ることもあるからだ。

錆《さ》びててぼろぼろの槍《やり》だけど、人に危害《きがい》を加《くわ》えるものが近づくと、細かくふるえて警告《けいこく》してくれる。いよいよ危険《きけん》がせまると穂先《ほさき》が青く光りだし、その穂先《ほさき》に触《ふ》れた妖怪《ようかい》を一瞬《いっしゅん》で消滅《しょうめつ》させてしまう。ぼくには重くて持ち上げられない。

ちょっと怖《こわ》いこともあるけど、庭に来るふしぎなものたちは、困《こま》ってることが多いみたいだし、何かあったら水野《みずの》さんがかけつけてくれる。

ぼくもおじさんにたのまれて、ふしぎなもののお世話を手伝《てつだ》うことになった。それで、放課後《ほうかご》は、おじさんが借《か》りたその家に通うのが日課《にっか》になった。

おじさんちへ行く前に、いつも寄《よ》るところがある。

1
忙しくなったぼくの放課後

駅前の大通りを北へ向かうと、たくさんの高いビルの向こうに、緑の森が見えてくる。

街《まち》の観光《かんこう》名所にもなっている城跡《しろあと》だ。

お堀《ほり》にかかる橋を渡《わた》って、階段《かいだん》が百段《だん》くらいありそうな神社の鳥居《とりい》の前を過《す》ぎると、ところてんや甘酒《あまざけ》の売店といっしょに、「名水」と大きく書かれた看板《かんばん》が見えてくる。

「名水」というのは、おいしくて昔から大切にされている水という意味らしく、街《まち》の人たちは「お城《しろ》の水」ってよんでいる。実際《じっさい》においしいと評判《ひょうばん》の、だれでも無料《むりょう》でくんでいい水だ。

おじさんちの庭に来るものたちに、きれいでおいしい水を用意したくて、ぼくはこの水くみ場に通っている。ここでくんだ水を、おじさんちの庭に置《お》かれた「ツクバイ」に入れるんだ。ツクバイというのは、日本風の庭によくある水入れのことで、おじさんちのツクバイは、大きな石を洗面器《せんめんき》くらいの深さにくりぬいて作られている。

水くみ場では、四角い石の吐水口《とすいぐち》から、つめたくてきれいなお城《しろ》の水がどばどばと出ている。「名水」の看板《かんばん》の下に自転車をとめて、リュックから二リットル入る空のペットボトルを取り出し、たっぷりと水をくむ。

水をくみに毎日通うようになって、ぼくはこのあたりの静《しず》かで、ひんやりした雰囲《ふんい》気《き》がすっかり好《す》きになっていた。

　水くみ場の手前には、ふしぎな言い伝《つた》えのある池もある。

　鏡池《かがみいけ》っていう、まわりをぐるっと柵《さく》で囲《かこ》まれた、卵形《たまごがた》の池だ。

　その名の通り、池の水面には、空やまわりの風景《ふうけい》がまるで鏡《かがみ》のように映《うつ》っていて、いつもだれかが柵《さく》のところで下をのぞいている。

「会いたい人の姿《すがた》が映《うつ》る」という言い伝《つた》えがあるからだって、おばあちゃんに聞いたことがある。もちろん、ただの言い伝《つた》えで、本当に映《うつ》るわけではないと思う。だけど、観光《かんこう》ガイドにもそう紹介《しょうかい》されていて、遠くから池を見にくる人もいるみたいだ。

　鏡池《かがみいけ》のほかにも、小さい池や沼《ぬま》、それに大きなお堀《ほり》があるから、水辺《みずべ》にしかない植物がたくさん見られる。

　もうひとつ、ぼくはここでやっていることがある。

　ここに水をくみに通いはじめたころ、オタマジャクシから少し成長《せいちょう》したくらいの小さなカエルたちが、深さ三十センチくらいの側溝《そっこう》の中でぴょんぴょん跳《と》んでいるのを見て、「かわいいなあ〜。ジャンプの練習をしているのかな？」と思った。

　そのあと、ここで見たカエルたちの種類《しゅるい》を調べようとパソコンで検索《けんさく》しておどろいた。

1
忙しくなったぼくの放課後

指がコンクリートにくっつかなくて、コンクリートの側溝《そっこう》を登れない種類《しゅるい》のカエルがいるんだ。一度、側溝《そっこう》に落っこちると、ジャンプして上がるしかない。もし、上がれないとそのまま干《ひ》からびて死ぬことになる。水路が土や石だった時は大丈夫《だいじょうぶ》だったけど、コンクリートの側溝《そっこう》が増《ふ》えたせいで絶滅《ぜつめつ》しそうなものもいるらしい。

ぼくは、すぐに城跡《しろあと》へもどって、側溝《そっこう》の中で跳《と》んでいたカエルたちを次々《つぎつぎ》つかんで外へ出した。それから、水をくみにくるたび、側溝《そっこう》にカエルが落ちてないか見るようになった。

側溝《そっこう》をチェックしたり、知らない草を見つけて観察《かんさつ》したりしていると、あっという間に時間が経《た》ってしまう。

「あ、まずい……、そろそろおじさんちへ行かなきゃ」

自転車をこいで、もう一度暑い街《まち》の中へ出ていく。

五分もしないうちに、オレンジ色の四階建《だ》ての建物《たてもの》が見えてくる。

その一階に、「水野不動産《みずのふどうさん》」がある。庭でふしぎなことが起きると、ぼくとおじさんは、たいていここに来て水野《みずの》さんをよんでいる。

前を通ると、奥《おく》の席《せき》で働《はたら》いている化《ば》け猫《ねこ》の水野《みずの》さんが見える。眼鏡《めがね》をかけてむずかしい顔をしてパソコンに向かっている。ここでは人間の姿《すがた》だけど、ぼくとおじさんの前では、猫人間《ねこにんげん》の姿《すがた》でいることが多い。

（水野《みずの》さん、今日も忙《いそが》しそうだなあ……）

水野不動産《みずのふどうさん》を通《とお》り過《す》ぎると、その先の斜面《しゃめん》に墓場《はかば》が見えてくる。

墓場《はかば》の横は、長い坂道が一本ついている。日当たりのいい坂道で、斜面《しゃめん》にならぶお墓《はか》もぴかぴかまぶしいくらい光っている。

自転車を押《お》して、はあはあ言いながら、その坂道を上る。

U《ユー》字のカーブを曲がり、道の両側《りょうがわ》から竹がかぶさってできたトンネルをくぐると、暗い森の陰《かげ》に、古い旅館のような一階建《だ》ての家が見えてくる。

いかにも何かが出そうなその家が、「おじさんち」だった。

おじさんは、今年《ことし》一年間は、非常勤講師《ひじょうきんこうし》としてふたつの高校へ化学の授業《じゅぎょう》をしにいくことになった。帰ってくるまでおじさんの家のカギは閉《し》まっている。でも、勝手口から庭には入れる。

ブロック塀《べい》の横に自転車をとめて、勝手口のドアをあけると、思わず見とれるほどきれいなコケの庭が広がっている。

1
忙しくなったぼくの放課後

足元で、にゃー、とかわいい声が聞こえた。

ずっと子猫《こねこ》の姿《すがた》のままの化《ば》け猫《ねこ》、シロだ。おじさんは子どもの時、化《ば》け猫《ねこ》だとは知らずにシロを一か月だけ飼《か》っていたことがあるらしい。そのシロを、おじさんは半年前に駅前で見つけた。そして、シロに導《みちび》かれて、この家にたどり着いたんだ。

シロは、人の言葉はしゃべらない。でも、ぼくらが話すことは理解《りかい》していると思う。いつも両目を閉《と》じているけど、千里眼《せんりがん》っていう、遠くで起きていることを見る力があって、危険《きけん》なものが近づくと赤い目を開いて教えてくれる。

「シロ、ここはすずしいね」

くつ脱《ぬ》ぎ石に腰《こし》かけて話しかけると、シロが返事するみたいに、にゃー、と鳴いた。

おじさんがこの家を借《か》りる決心をしたのは、子どもの時に出会ったシロと、この家でいっしょに暮《く》らしたいからだった。

額《ひたい》を指でかいてやると、シロはぐるぐると気持ちよさそうにのどを鳴らした。

庭のひんやりした空気で体を冷《ひ》やすと、ぼくは気合いを入れて立ち上がった。

「よしっ！」

まず、ツクバイに入っていた水をひしゃくですくって出して、くんできた新しい水と入れ替える。それから、裏《うら》の森から飛《と》んでくる葉っぱを、生えているコケを傷《きず》つけないように、竹のほうきでそうっとはく。そのあとは、放っておくとどんどん生えてくる雑草《ざっそう》をぬく。

両手に軍手《ぐんて》をはめて真剣《しんけん》に草をぬいていると、そばにいたシロがふいに、とことこ歩いて、ぼくからはなれていった。

「シロ？」

シロはツクバイのへりにぴょんと飛《と》びのって、水面に顔を近づけた。水の中をのぞきこむようにじっとしている。

「シロ、そこに何かいるの？」

そばへ行ってみたけど、入れたばかりのきれいな水が光っているだけだった。

2 水の中から……

　その日は学校がお昼で終わりだったから、ぼくは一時過《す》ぎにはもうおじさんの家へ向かっていた。

　城跡《しろあと》で水をくんで、いつもの墓場《はかば》の横の坂道を上っていると、うしろから声がした。

「おーい、直紀《なおき》ー」

　ふり向くと、スーツ姿《すがた》のおじさんがいた。

「おじさん！」

　手をふりながら、おじさんが上ってくるのを待つ。おじさんは、授業《じゅぎょう》を受けもっている高校がテスト期間になるから早く帰れる、と前に話していた。

「ほんとに早いんだね」

「ああ、今週はずっと昼までだぞ」

　おじさんは、なんだかふらふらしていた。

「おじさん、もしかしておなかへってる？」

「そうなんだよ、今日はうちで昼メシ食べようと思ってさ」

「ぼくは給食《きゅうしょく》食べて下校だったよ」

「じゃあ、作るのはオレのぶんだけだな。冷蔵庫《れいぞうこ》に姉ちゃんがくれた煮豚《にぶた》が残《のこ》ってるからあれを温めて……、何か野菜《やさい》も食べなきゃなあ」

ならんで坂を上りだしたところで、おじさんが言ってきた。

「そうだ、直紀《なおき》、『最近《さいきん》、シロがやけにツクバイを気にしてる』って言ってただろ、オレも今朝、シロがツクバイのへりにのってるの見たよ」

「水の中に何か見えた？」

「いや、しばらく見てたけど何も……。直紀《なおき》はいつも、あのツクバイの水を替《か》えてくれてるんだよな」

おじさんは、ぼくが自転車のカゴに入れて運んでいるペットボトルを見てきた。

「うん。でも、ぼくが水を替《か》えてる時も、特《とく》に変《か》わったことはないんだよ」

「一応《いちおう》気をつけとけよ。あの庭は、どんなものがやってくるかわからないんだ。いきなり危《あぶ》ないことが起きる可能性《かのうせい》だってある」

「そうする」

2

水の中から……

おじさんちに着いて、ぼくが自転車をとめようとすると、おじさんが急に言った。

「直紀《なおき》、静《しず》かに……」

おじさんはブロック塀《べいご》越しに庭の中を見ている。ここの塀《へい》は高いから、背《せ》のびしてもぼくには庭が見えない。

「どうかしたの？」

ぼくは小声で聞き返した。

おじさんは返事をしないまま、勝手口のドアをあけて庭へ入っていった。音を立てないように自転車をとめて、急いであとを追うと、おじさんは勝手口を入ってすぐの場所で立ち止まっていた。

「なあ……、なんだ、あれ？」

おじさんの背中《せなか》から顔を出してぼくも見た。

軒下《のきした》にあるくつ脱《ぬ》ぎ石の前が、きらきら光っていた。そこに、何か大きな水のかたまりのようなものがある。目をこらしていると、だんだん輪郭《りんかく》がはっきり見えてきた。透《す》けた人間みたいなものが、くつ脱《ぬ》ぎ石の前でしゃがんでいる。

くつ脱《ぬ》ぎ石の上には、シロがちょこんとすわっている。

(今、あれが手をのばしたら、シロが簡単《かんたん》につかまっちゃう……)

そう思ったとたん、透《す》けてるものが、本当にシロに向かって手をのばした。

「おい!!」

おじさんが大声を出すと、それは、手を引っこめてぱっと立ち上がった。

こっちを向いたようだけど、ゼリーみたいに透《す》けていて顔がよくわからない。

でも、たぶん男の人だ。おじさんよりも背《せ》が高くて、肩幅《かたはば》も広い。カーテンを腰《こし》に巻《ま》きつけたような、長い服を着ていて、髪《かみ》の毛は肩《かた》まである。

透《す》けてるその人は、服のそでをひらっとひるがえして、庭を大またで飛《と》ぶように走った。

そして、庭の真ん中にあるツクバイの前で身をかがめると、水の中に吸《す》いこまれるように姿《すがた》を消した。

「ええっ!」

「シロ! 大丈夫《だいじょうぶ》か?」

おじさんが猛《もう》ダッシュでシロのところへ飛《と》んでいった。

「何? 今の……」

ぼうぜんと立っていると、シロを抱《だ》っこしたおじさんが、すごい勢《いきお》いでぼくのそば

2

水の中から……

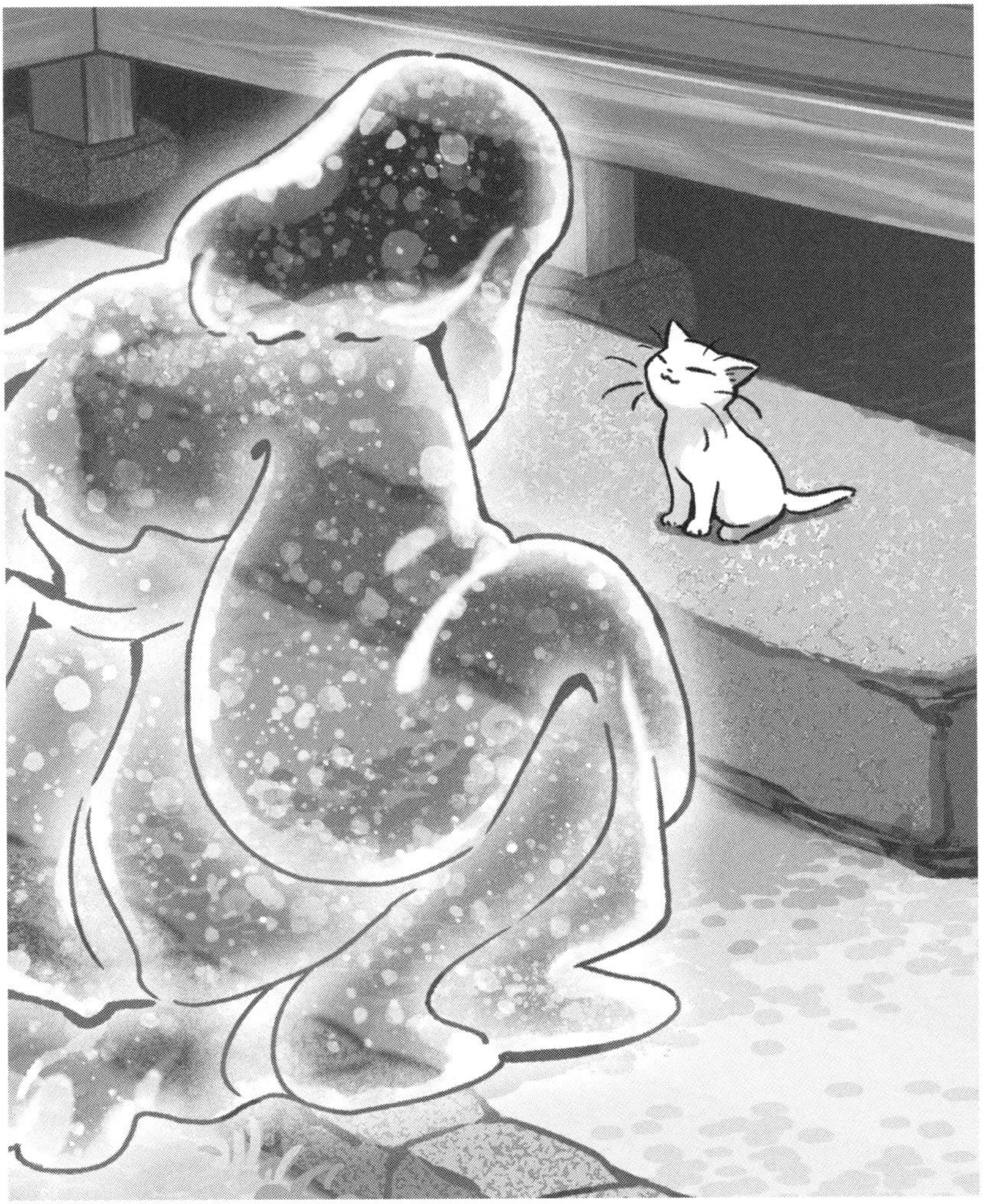

にもどってきた。

「あいつ、ツクバイの中に入っていったよな」

「う、うん、そう見えた」

ふたりで、ゆっくりツクバイへ近づいた。水面が少しゆれているけど、ツクバイはいつも通りだ。きれいな水と石の底《そこ》が見えている。

シーシーシーシー。

何もなかったみたいに裏《うら》の森から、セミの声が聞こえていた。

ふと顔をあげると、ツクバイの横にある松《まつ》の枝《えだ》が、不自然《ふしぜん》にきらきらしていた。

「何か、ひっかかってる」

破《やぶ》れたビニールみたいなものだ。おじさんはシロを抱《だ》っこしてるから、ぼくが手をのばしてさわった。意外に厚《あつ》みがある。

ぼくはそれを枝《えだ》から外して、手の平にのせた。

「これって……、さっきの人の、服の切《き》れ端《はし》じゃない？」

ウロコみたいなものが三枚《まい》くっついている。三枚《まい》とも五百円玉より少し大きくて、ガラスのコップぐらいかたい。

「枝《えだ》にひっかかって、破《やぶ》れたってことか？」

2

水の中から……

おじさんも手ざわりをたしかめるように、指でつまんだりこすったりした。

「ぬれて光ってるように見えるが、乾《かわ》いてるんだな。さらっとしてる」

「ねえ、今すぐ水野《みずの》さんに相談したほうがいいと思う」

「そうだな、急ごう！」

ぼくらは、さっき上がってきたばかりの坂道をかけ下りた。


坂の下の水野不動産《みずのふどうさん》に着くと、おじさんが入り口の重いガラスドアをそうっと押《お》しあけた。

事務所《じむしょ》の中のひんやりした空気がもれ出てくる。

「あの、すみません。水野《みずの》さんにお話が……」

おじさんが顔だけ中へ入れて声をかけると、社員の女の人が水野《みずの》さんをよんでくれた。

水野《みずの》さんが、事務机《じむづくえ》の間をぬうように歩いてくる。おすもうさんみたいに大きな体で、茶色い髪《かみ》の毛はいつも通りくしゃくしゃだ。

「これはこれは、一臣《かずおみ》さん、直紀《なおき》さん。また何かありましたかな」

水野《みずの》さんはぼくのことも、おじさんと同じように〝さん〟付《づ》けでよんで、ていねいな言葉で話す。

外へ出てきてくれた水野《みずの》さんに、おじさんがさっき庭で起きたことを報告《ほうこく》した。

「ツクバイの中へ逃《に》げていった……、のですか」

水野《みずの》さんは、ぼくたちから目をそらしてなんだかイヤそうな顔をした。

「すぐそこにわたしの行きつけの喫茶店《きっさてん》がありますから、そちらで話しましょう。わたしの自宅《じたく》は今、暑くってね。すずしいところがいい」

「あ、でも、シロが……」

おじさんの腕《うで》には、シロが抱《だ》っこされている。

「ふふっ、心配ありませんよ。猫《ねこ》の入店OKな店です」

水野《みずの》さんは眼鏡《めがね》を外し、事務所《じむしょ》にもどって社員さんたちに声をかけると、奥《おく》からおしゃれな麦わら帽子《ぼうし》を取って出てきた。

「さて、行きましょうか」


水野《みずの》さんに連《つ》れられて、ぼくらは細い路地裏《ろじうら》に入っていった。

しばらく歩くと、白い壁《かべ》の前に、大きな植木鉢《うえきばち》が置《お》いてあるのが見えてきた。

鉢《はち》に植えられているのは、ぼくの背《せ》よりも高い南国風の植物だった。細長い葉っぱ

2
水の中から……

の間から、赤紫《あかむらさき》色の、大きな花のつぼみのようなものがひとつ突《つ》き出ている。

（この植物……、なんだろう）

植木鉢《うえきばち》を見ていたら、急に立ち止まった水野《みずの》さんにぶつかってしまった。

「ここですよ」

植木鉢《うえきばち》のすぐ横に、木製《もくせい》のドアがあった。魚形《がた》のカラフルなステンドグラスがはめられている。

（あれ？　ここ、さっきまで白い壁《かべ》だと思ってたのに）

壁《かべ》にかかった小さな看板《かんばん》に、「**カフェ食堂《しょくどう》　鯖《さば》の皮**」と書かれていた。

うしろにいるおじさんにこっそり聞いた。

「あの魚へんの漢字、なんて読むの？」

おじさんは小声で、「サバだ、サバ」と教えてくれた。

「入りましょう」

水野《みずの》さんについて入ると、お店の中はひんやり快適《かいてき》で、大きな観葉植物《かんようしょくぶつ》の鉢《はち》がいっぱい置《お》いてあった。

カウンターの向こうにエプロンをつけたお店の人がいた。

「こんにちは。新しい友人を連《つ》れてきました」

水野《みずの》さんが声をかけると、お店の人はフシュッとくしゃみみたいな音で息をはいて、うなずいた。エプロンをしたふさふさの黒い髪《かみ》のおじさんで、おでこに流した前髪《まえがみ》と口ヒゲだけが、真っ白だ。

おじさんがおじぎしたので、ぼくもおじぎをした。

革《かわ》のソファ席《せき》にみんなですわると、水野《みずの》さんが、お風呂《ふろ》に入った時みたいに気持ちよさそうな声を出した。

「ふい――っ」

「あっ」

「みみみ、水野《みずの》さん！　ほかに人がいますよ！」

おじさんもぼくもあわてて立ち上がった。

水野《みずの》さんの腕《うで》からわさわさ明るいオレンジ色の毛が生えはじめていた。

入り口の横のテーブル席《せき》にお客さんがひとりいて、眼鏡《めがね》をかけて新聞を読んでいる。

ふたりで、水野《みずの》さんの腕《うで》をかくそうとしたけど、そうしてる間に顔や頭にもひげや毛が生えてきた。耳の位置《いち》も移動《いどう》しながら、形が三角に変《か》わっていく。

水野《みずの》さんはすっかり「猫人間《ねこにんげん》」の姿《すがた》になってしまった。

体の大きさは変《か》わらないから、着ている服はそのままだけど、服から出てる顔と手

2
水の中から……

が茶トラの猫《ねこ》になっている。

きょろきょろしながら青ざめているぼくらに、水野《みずの》さんは笑《わら》って言った。

「安心してください、この店は大丈夫《だいじょうぶ》なんですよ。店主も化《ば》け猫《ねこ》ですし、客もみんな化《ば》け猫《ねこ》です」

「ええっ！」

入り口の横のお客さんはコーヒーを飲みながら、静《しず》かに新聞を読み続《つづ》けている。水《み》野《の》さんが猫人間《ねこにんげん》の姿《すがた》になっているけど、ぜんぜん気にしていないみたいだ。

（あのお客さんもお店の人も、化《ば》け猫《ねこ》……。あっ、お店の人は白黒の猫《ねこ》かも？）

ぼくはそわそわしながらソファにすわり直した。おじさんが心配そうに、入り口のドアをふり返って聞いた。

「事情《じじょう》を知らない人間が、急に入ってきたりしないんですか？」

「ええ。この店は、一度来たことがある者じゃないと、前を通っても気づかないようにできています」

「そういえば、ぼく、水野《みずの》さんが『ここですよ』って言うまで、お店のドアに気づかなかった」

「そういうことです。初《はじ》めの一回だけなじみの客といっしょに来れば、次からはひとりでも来られます」

水野《みずの》さんは、猫《ねこ》の顔でぼくにほほえんだ。

「化《ば》け猫《ねこ》とその友だちが集まる店ですが、ちゃんと地図にものっているんですよ。うちの貸店舗《かしてんぽ》でしてね、賃貸料《ちんたいりょう》はうちに払《はら》ってもらっております」

「ああ〜、ここも水野不動産《みずのふどうさん》のものなんですね」

おじさんは感心したようにお店を見回した。

それから、遠慮《えんりょ》がちに聞いた。

「あのー、それじゃあ、この街《まち》に、化《ば》け猫《ねこ》の人ってたくさんいるんですか？」

「そうですね。ここ百年ほどでまず人間が増《ふ》えました。食べ物がよくなりましたし、医療《いりょう》も充実《じゅうじつ》してきた。そしたら、化《ば》け猫《ねこ》もすごく増《ふ》えたんですよ」

「はあ〜」

「昔は、化《ば》け猫《ねこ》といえば、だいたい顔見知りでしたが、最近《さいきん》はもう新顔がいっぱいでね、どれくらいいるのやらわたしもわかりません。まあ、この店が毎月、黒字で営業《えいぎょう》できるくらいはいるようです。さあ、おふたりにごちそうしますよ、好《す》きなものを選《えら》んでください」

おじさんといっしょにメニューを開いてみると、のっているのはぜんぶ鯖料理《さばりょうり》だった。

・鯖《さば》の香草焼《こうそうや》き　有機《ゆうき》ジャガイモのフレンチフライ添《ぞ》え
・鯖《さば》と夏野菜《なつやさい》のグラタン　水牛のモッツァレラチーズ使用
・鯖《さば》と水菜《みずな》の和風パスタ　提携《ていけい》農園による無農薬《むのうやく》大根おろしつき

ぼくはあまり外でごはんを食べたことがないんだけど、メニューに書かれた料理《りょうり》の金額《きんがく》は、どれもかなり高い気がした。

「すごく高級ですね」

おじさんもおどろいている。

「この店は、おいしい鯖《さば》を仕入れていますからね。香《かお》りのいいハーブをエサにまぜて養殖《ようしょく》したものとか、流れの速い海峡《かいきょう》を泳いで、身が引きしまった天然《てんねん》ものなどいろいろ仕入れて、しかも、ちゃんと料理《りょうり》に合わせて使い分けているのです」

「あの、水野《みずの》さん……、オレ、コーヒーだけでいいです」

おじさんがメニューをそっと閉《と》じた。たぶん、値段《ねだん》を見て緊張《きんちょう》したんだ。

水野《みずの》さんがあわてて言ってきた。

「一臣《かずおみ》さん、もしかして体質的《たいしつてき》に鯖《さば》はダメでした？　チキンを使った別《べつ》メニューもあるそうですが」

2
水の中から……

「い、いえ、鯖《さば》は何も問題ないです」

おじさんのおなかが、ぐきゅきゅっと鳴った。

「なんだ、じゃあ遠慮《えんりょ》されてるだけですね」

水野《みずの》さんはくすっと笑《わら》って、おじさんが閉《と》じたメニューを開いた。

「この、鯖《さば》と水菜《みずな》の和風パスタとかどうですか？　わたしのお気に入りなんです」

「あ、じゃあそれで……」

ぼくは給食《きゅうしょく》を食べたので、ショートケーキとドリンクのセットにした。

「それで、庭にいたものは透《す》けていた、とおっしゃいましたね」

水野《みずの》さんが、猫《ねこ》になった顔をぐっと近づけてきた。

「ええ、透《す》けてました。なあ、直紀《なおき》」

おじさんに言われて、ぼくも庭で見たものを思い出した。

「うん。体の向こう側《がわ》がぜんぶ見えてた。ねえ、透《す》けてるって、春鬼《はるおに》と同じじゃない？」

春鬼《はるおに》というのは、おじさんがあの家に引《ひ》っ越《こ》したばかりのころ庭にやってきた、迷《まい》子《ご》の山の精霊《せいれい》のことだ。春鬼《はるおに》も体が透《す》けていて、最初《さいしょ》に見た時、いるのかいないのかよくわからなかった。

だけど、おじさんは否定《ひてい》するように首をひねった。

「透《す》けてるのは同じだけどさ、春鬼《はるおに》みたいなふわっとした感じじゃなかっただろ？オレにはもっとしっかり、重さやかたさがあるものに見えた。それこそ、人間と同じくらいの……」

「ふむ……」

水野《みずの》さんは腕《うで》を組んで、ソファに深くすわった。

「質感《しつかん》はともかく、春鬼《はるおに》もですが、姿《すがた》が透《す》けてるってことは、大物なんですよ。人間に神とよばれるものもいます」

「神様……、ですか」

おじさんがとまどったようにつぶやいた。

「いえ、一臣《かずおみ》さん、神とよばれるものが、我々《われわれ》にとってよい存在《そんざい》とは限《かぎ》りません。理解《りかい》できない、恐《おそ》ろしい力をもつものを人は神とよぶのです。実際《じっさい》、そういうものたちは物理の法則《ほうそく》を超《こ》えてきます」

「物理の法則《ほうそく》を？」

「そうです。重さだとか引力だとかね、そういうのをぜんぶ無視《むし》して、いきなり物を出すとか、消すとか、自分が浮《う》かぶとか、それこそ空を飛《と》んじゃうとか、もうめちゃ

2
水の中から……

めちゃです」

何かイヤな経験《けいけん》を思い出したのか、水野《みずの》さんはひげをぴくぴくさせた。

「そんなのにくらべたら、わたしら化《ば》け猫《ねこ》なんて……、かわいいもんです。簡単《かんたん》な幻《げん》術《じゅつ》が使えるのと、あとは自分の体の形を変《か》えるだけですから。たたかう時も、かみつくか、ひっかくかだけで、疲《つか》れるし、たいへんですよ」

水野《みずの》さんはうんざりした顔で続《つづ》けた。

「透《す》けてるのと、あと、体を失《うしな》って影《かげ》のようなものになってるやつらもいけません。体を失《うしな》ったものは強い。たいていは怒《いか》りのかたまりです。話は通じないし、出くわしたとたんに襲《おそ》ってきます」

「いろいろいるんですねえ」

おじさんはため息をついた。

「ええ、いろいろいますよ。長く生きておりますが、わたしが知っているのもほんの一部です。この世界は広く、想像《そうぞう》以上《いじょう》に複雑《ふくざつ》なようですね」

おじさんの腕《うで》の中にいたシロが、するっとぬけ出て、テーブルの端《はし》に飛《と》びのった。

水野《みずの》さんはシロの頭をそっとなでて聞いた。

「そういえば、その透《す》けてるのが出てきた時、シロはどうしてました？」

おじさんが答えた。

「くつ脱《ぬ》ぎ石の上にいて、目は開いていませんでした。あいつがシロに手をのばしていたからオレ、心配で……。以前《いぜん》、水野《みずの》さんが『シロをほしがるやつらがいる』って話していたでしょう？　シロがしゃべってくれたら、ぜんぶわかるんだけどなあ」

「わたしは、シロはしゃべれないのではなく、しゃべらないことを選《えら》んでいるんじゃないかとも思うのです」

水野《みずの》さんは猫《ねこ》の目をキロンと光らせて話した。

「千里眼《せんりがん》をもつシロは、きっとたくさんのことを見て、知っているのでしょう。ですが、ふしぎなものと関《かか》わると、しゃべってはいけないひみつがどんどん増《ふ》えていくのです。うっかり話すと、だれかを裏切《うらぎ》ることになったり、知っていても簡単《かんたん》に話せないようなこともありますでしょう？」

「ああ……、なるほど」

ふたりが話し終わったので、ぼくはソファの横に置《お》いていたリュックから、透明《とうめい》なビニールみたいなものを取り出した。

「水野《みずの》さん、これ」

くしゃくしゃにならないように、ノートにはさんでおいた。

2

水の中から……

「たぶん、庭に出てきた、透《す》けてる人が着ていた服の切れ端《きはし》だと思う」

「ほう」

水野《みずの》さんは爪《つめ》をにゅっと出すと、切《き》れ端《はし》をつまんで顔を近づけた。

「んんっ？　ここにくっついているのは、ウロコ……？」

「ウロコっぽいですよねぇ」

「ぼくもウロコに見えるよ」

みんなで切《き》れ端《はし》を見ている時、ぼくはふと何か思い出しそうになった。

（こういう、うすくてひらひらした服が出てくる、日本の昔話があったような気がする……）

でも、どんな話だったか思い出せない。

水野《みずの》さんはぼくに切《き》れ端《はし》を返すと、真剣《しんけん》な顔で言った。

「水が入ったあのツクバイが『通路』になっているのかもしれません。どこかの霊気《れいき》の強い《つよ》水辺《みずべ》。おそらく、人里はなれた大きな湖か、山の中の池に住むものが、水の『通路』を開いて、あの庭へ出てきた……。やはり大物ですよ。それこそ、神のような、ね……」

水野《みずの》さんは話しながら、もう一度ひげをぴくぴくさせた。

「ところで……、わたしはおふたりに、あの庭にやって来るものの世話をしてほしいとお願《ねが》いしていますが、何もかもぜんぶってわけじゃありませんよ。あの庭へ、水の通路を開いて出てくるなんて、こちらが何か面倒《めんどう》をみるとか、助けてやるなんてレベルの相手じゃないです。恐《おそ》ろしい力をもつものには、うかつに近寄《ちかよ》っちゃいけません。『さわらぬ神にたたりなし』って言いますでしょう?」

聞いたことのあることわざだったから、ぼくはうなずいた。それから、ちょっと考えて聞いてみた。

「じゃあ、ツクバイの水は、もう入れないほうがいい?」

「うーん、むずかしいですねえ」

水野《みずの》さんはあごに手をやってうなった。

「それこそ『水を入れろ』と怒《おこ》って、何かしてくるかもしれません。できるだけふだん通りにして、様子を見てください。シロに十分気をつけながらね。たまたまあの庭に立ち寄《よ》っただけで、もう出てこないものかもしれませんし」

「わかりました……」

おじさんが心配そうにシロを見て答えたところで、料理《りょうり》とケーキが運ばれてきた。

「ええっ、この鯖《さば》すごい! 和風味のパスタにすごく合ってる。オレ、こんなおいしい鯖《さば》料理《りょうり》を食べたのは初《はじ》めてです！」

おじさんは食べながら、目を見開いて何度も言っていた。ぼくも「すごくおいしい！」って何度も言った。

シロも、小さいお皿にミルクを出してもらってなめていた。

水野《みずの》さんはよろこぶぼくらを見て、満足《まんぞく》そうにほほえんだ。そして、アイスが浮《う》かんだコーヒーフロートにストローを差《さ》し、猫《ねこ》の口でちゅうっと吸《す》った。

人に、姿《すがた》を見られてしまった。
初《はじ》めての冒険《ぼうけん》に、胸《むね》がどきどきしている。
この水盤《すいばん》は、どこかにある場所を映《うつ》すだけじゃない。
映《うつ》っている場所と、つながるんだ。

しばらくすると、水盤《すいばん》にまたシロが映《うつ》った。
ついさっきこの姿《すがた》を見せたのに、シロはまったく、わたしを恐《おそ》れていない。
変《か》わらず、わたしのことを気にかけてくれているみたいだ。

シロをこっちに、連《つ》れてくることはできないかな。
ここへ、来てほしい。
少しぬれるかもしれないけど……。

3 おじさんとシロが……！

　ごちそうしてもらったお礼を言って、水野《みずの》さんとは事務所《じむしょ》の前で別《わか》れた。

　ぼくとおじさんは、今度は勝手口じゃなくて、ブロック塀《べい》を曲がった先にある、玄《げん》関《かん》から家の中に入った。

　そして、雨戸を開けてそうっと庭を見た。

　ツクバイの水は、何もなかったかのように光を反射《はんしゃ》させていた。

「まあ、水野《みずの》さんのアドバイス通り、関《かか》わらないようにしつつ様子を見るしかないな」

「シロが、心配だね」

「ああ……」

　おじさんは抱《だ》っこしていたシロに、鼻をくっつけて言った。

「シロ、変《へん》なのが来たら、すぐに逃《に》げなきゃダメなんだぞ！」

　シロは返事をするように、小さく口を開けて、にゃー、と鳴いた。

おじさんは、ぼくにも顔を近づけてきた。

「直紀《なおき》も気をつけてくれよ。これからしばらくは、オレがいない時に庭へ入るな。あと、ツクバイの水を替《か》えるのもやめといたほうがいい。水野《みずの》さんはふだん通りに、って言ってたけど、やっぱり心配だよ」

「う、うん……」

そのあと、おじさんはパソコンで仕事を始めた。ぼくもとなりの座敷《ざしき》にある、おじさんにもらった古いパソコンの前にすわった。

庭も気になるけど、「鯖《さば》の皮」の入り口で見た植物のことを、忘《わす》れないうちに調べておきたかった。

(南の島に生えてそうなものに見えたな、暑さに強そうっていうか……)

「南国風」「植木鉢《うえきばち》」と打ちこんで画像検索《がぞうけんさく》してみる。

たくさんの画像《がぞう》の中に、さっき見たのとそっくりな植物の写真が何枚《まい》かあった。

「あーっ、バナナだ！」

思わず大きな声を出していた。

「ねえ、お店の前にあったの、バナナだったんだよ！」

となりの座敷《ざしき》から、おじさんの声が返ってきた。

3

おじさんとシロが……!

「へえ、それって実もなるのか？」

「どうだろう」

画像《がぞう》についていたリンク先の記事を読んでみる。

「赤紫色《あかむらさき》の花のつぼみみたいなものができていたけど、あれは『苞《ほう》』ってよばれるものみたい。苞《ほう》が一枚《まい》ずつ外側《そとがわ》にめくれて、花や実が出てくるんだって！　えーっ、バナナってこんなふうにできるんだ！」

ぼくがひとりでさわいでいると、となりの座敷《ざしき》でおじさんが畳《たたみ》に手をついて立ち上がる音がした。

「どれ」

待っていたけど、なかなかこっちに来ない。ふすまから顔を出してのぞくと、おじさんは立ち上がりかけたまま庭を見つめていた。

声をかけようとしたら、「しっ」と口の前で指を立てて、ぼくを手招《てまね》きした。

ぼくは音を立てないよう、静《しず》かに座敷《ざしき》をはっておじさんのそばまで行った。

庭では、シロがツクバイのへりにのって、水面に顔を近づけていた。目は閉《と》じたままで、水の中をのぞいている。

おじさんが音を立てないよう、縁側《えんがわ》の板をゆっくり慎重《しんちょう》に踏《ふ》んで、庭のほうへ出ていきはじめた。

ぼくはそれを、ちょっと緊張《きんちょう》しながら見守っていた。

（ツクバイの水の中に、さっきの透《す》けてる人がいるのかな……）

おじさんが縁側《えんがわ》から、くつ脱《ぬ》ぎ石へ足を下ろした時、ツクバイの水面がすうっと細長く持ち上がった。

ぼくが、あっ、と声を出す間もなく、それは人の手の形になって、シロの体をガシッとつかんだ。

「シロ!!」

おじさんは大声でさけんで、くつ下のままツクバイへ走った。勢《いきお》いよくのばしたおじさんの手の先が、水の中へ引きこまれかけたシロに、ぎりぎりで届《とど》いた。

その瞬間《しゅんかん》、おじさんの頭と肩《かた》が、やわらかい粘土《ねんど》のようにぐにゃっとなった。そして、おじさんはまるで大きな力でひねられたみたいに、全身を細長くのばしながら、シロといっしょに、ツクバイの水の中に吸《す》いこまれていってしまった。

「うそでしょ!?」

目の前で起こったことが、とても信《しん》じられなかった。

ぼくは縁側《えんがわ》へ飛《と》び出てさけんだ。

3

おじさんとシロが……!

「お、おじさん‼　シロ‼」

ツクバイの水が、ゆらゆら大きくゆれている。

だけど、それだけだ。おじさんとシロは消えてしまった。

（ど、どうしたらいい？　警察《けいさつ》⁉　救急車《きゅうきゅうしゃ》⁉　ダメだ、水の中に人と子猫《こねこ》が消えたなんて話しても信《しん》じてもらえない。やっぱり水野《みずの》さんだ！）

玄関《げんかん》でくつをはこうとしたら、手がふるえてくつが転がった。

どうにかくつをはくと、ぼくは転びそうになりながらもう一度坂をかけ下りて、水《みず》野《の》不動産《ふどうさん》に飛《と》びこんだ。

「水野《みずの》さん、助けて‼」

「鯖《さば》の皮」から帰ってきて、まだ一時間も経《た》ってなかった。事務所《じむしょ》にいるほかの社員の人たちが、びっくりして見ている。

「どうしました、直紀《なおき》さん！」

水野《みずの》さんがすぐにやってきてくれて、ぼくと水野《みずの》さんは事務所《じむしょ》の外で話した。

「おじさんとシロが、ツクバイに吸《す》いこまれちゃった！」

「はい？」

「ツクバイの水が手の形に……、ちがう、あれはさっきの、透《す》けてる人の手だよ！

3
おじさんとシロが……！

とにかく、水みたいに透《す》けてる手がツクバイから出てきて、シロをつかまえたんだ。おじさんが助けようとして走っていって、おじさんの手がぎりぎりでシロに届《とど》いて、そのまま……」

「あっ、あ～」

水野《みずの》さんは、おでこにぴしゃっと手を当てた。

ぼくが思っていたほどおどろかなかった。ただ、面倒《めんどう》くさいことになったな……、という顔をした。

水野《みずの》さんといっしょに大急ぎでおじさんちにもどった。

坂を上っている時、水野《みずの》さんが呆《あき》れたように言ってきた。

「わたし、ついさっき、『さわらぬ神にたたりなし』って言ったでしょう」

「でも、シロがつかまっちゃったから……。おじさん、今、どうなってるんだろう……」

「ところで、一臣《かずおみ》さんは泳げますか？」

「え？」

顔をあげると、となりを走っている水野《みずの》さんが猫人間《ねこにんげん》の姿《すがた》になっていた。

「どうだろう。小学生の時にスイミングに通ってたって聞いたことある。少しぐらいなら泳げるんじゃないかな」

「先ほども話しましたが、あの庭のツクバイは『通路』になっていて、どこかの大きな湖や、山の中の池につながってる可能性《かのうせい》が高いです。つまり、一臣《かずおみ》さんとシロは今、どこかの湖か池の、ど真ん中に出ちゃってるかもってことです」

「えーっ」

「まあ、泳げるなら大丈夫《だいじょうぶ》でしょう。でも……」

水野《みずの》さんはぼそっとつけたした。

「水でつながる『通路』というのは、どこかにたどり着くまでずっと水中なんですよ。『通路』が長いと……、出口まで息がもたないかもです」

「そんなあっ」


勝手口から庭に入るとすぐに、ぼくはツクバイのそばへ行った。

ツクバイの水面には、丸く空が映《うつ》っている。

「水野《みずの》さん、こっち、早く早く！」

水野《みずの》さんはのろのろしてなかなかやってこない。

「直紀《なおき》さん、実はわたし、昔、こういう水の『通路』に引きこまれたことがあるんですよ。それが……、永遠《えいえん》に出られないんじゃないかってくらい長い長い『通路』で

3

おじさんとシロが……!

……、真っ暗だし、息はできないし……。プールとかお風呂《ふろ》とか、水に浸《つ》かることは好《す》きなんですけどね」

水野《みずの》さんは、気分が悪くなったみたいに胸《むね》に手を当てると、軒下《のきした》のところで立ち止まったまま言ってきた。

「ツクバイの水は、減《へ》ってないようですね」

「減《へ》ってないどころか、増《ふ》えてるかもしれない」

ぼくはツクバイの水を、いつも満《まん》タンよりも二センチくらい少なく入れている。でも、今のツクバイには、あふれるぎりぎりまで水が入っている。

水野《みずの》さんは、ますますイヤそうに目を細めた。

「『通路』が開いた時に、通路の中を通る水がこっちに出てきたってことです。やはり、どこか水のある場所につながっているのでしょう」

「ねえ、どうしたらいいの?」

「一臣《かずおみ》さんが、自力で帰ってくるのを待つしかないですね。どこに行ったのかわかりませんが、大人ですからね。通りかかった車にたのんで、乗せてもらったりもできるでしょう。まあ、その、一臣《かずおみ》さんとシロが水の通路を無事《ぶじ》にぬけ出し、さらにどこかの陸《りく》にたどり着いていればの話ですが」

たよりになると思っていた水野《みずの》さんが、不安《ふあん》になることばかり言ってくる。

「おじさん……」

ため息をついてのぞきこんだツクバイの水面に、ぼくの顔が映《うつ》っている……。

「ん？」

ぼくはゆれる水面をよーく見た。

「これ、ぼくじゃないよ。おじさんだ！　おじさんが映《うつ》ってるんだ！」

「なんですと？」

「ほら、シロもいる！」

ぼくは水面に映《うつ》ったおじさんによびかけた。

「おじさん、無事《ぶじ》なんだね！　そこ、どこ？」

水野《みずの》さんもツクバイをのぞいてきた。水野《みずの》さんの大きな猫《ねこ》の頭と、ぼくの頭がツクバイの上でごつっとぶつかった。

「痛《いた》っ」

「いたた……」

おたがいに自分の頭をさすりながら、水野《みずの》さんも声を張《は》ってよびかける。

「一臣《かずおみ》さーん！　そちらから、こっちが見えますか？」

3
おじさんとシロが……！

水面に映《うつ》ったおじさんの口はぱくぱく動くだけで、声は何も聞こえない。

よく見ると、おじさんはずぶぬれだった。

吸《す》いこまれた時に、ぐにゃっとなってのびた体は元にもどったようだけど、前髪《まえがみ》がびしょびしょでおでこにはりついている。

「水野《みずの》さん、聞こえる？」

水野《みずの》さんが三角の猫《ねこ》の耳を、ツクバイのほうへかたむけた。

「うーん、何か言っているのは聞こえるのですが、わたしにはぼわぼわっとしか……。わたしは、そんなに強い妖力《ようりょく》をもっていませんからね。もっと、強い妖力《ようりょく》をもつものなら、水面に映《うつ》った相手の声どころか、そばに木《こ》の葉《は》が落ちる音まで聞こえると思いますよ」

急に、ツクバイに映《うつ》っているおじさんとシロの顔がゆらゆらっとゆれた。

「ひっ！」

水野《みずの》さんが、一瞬《いっしゅん》で軒下《のきした》まで飛《と》びのいた。

さすが猫《ねこ》、すごいすばやさだ。

「直紀《なおき》さん、気をつけて！　引きこまれるかもしれませんよ！」

「う、うん」

一応《いちおう》、ぼくもツクバイから少しはなれた。

ゆらゆらはしばらくしておさまり、またおじさんとシロの顔が映《うつ》った。

「何してるんだろう？」

もう一度、映《うつ》っているふたりがゆらゆらした。ゆらゆらするだけで、水面が波打ったりはしない。

そのあと、何度も同じことがくり返し起きた。

水面がゆれる前に、毎回、おじさんの手が大きくせまってくる。

「そうか、おじさんたちもどこかの水辺《みずべ》からこっちを見てるのかも。きっと、向こうから水の中に手を突《つ》っこんでるんだよ。こっちへ手をのばそうとして」

でも、何度ためしても、おじさんの手がツクバイから出てくることはない。

「おじさん、シロ……、どうなっちゃうの？」

ツクバイをのぞきこみながらつぶやいた声が、ちょっとふるえた。

「元気を出して」

水野《みずの》さんが、ぼくの肩《かた》をぽんと、たたいてきた。

「とりあえず一臣《かずおみ》さんは、水から上がってどこかの陸《りく》の上にいるようです。ならばあとは帰ってくればいいだけです。声は聞こえませんが、ジェスチャーでメッセージを

3
おじさんとシロが……！

伝《つた》えられるかもしれない。ちょっと試《ため》しにやってみるので、見ていてください」

水野《みずの》さんは、突然《とつぜん》、カッと目を見開くと、両腕《りょううで》を大きくふって行進する動きをした。

そのあと、親指を立てて「にかっ」と笑《わら》ったポーズでしばらくじっとしていた。そして、急にうれしそうにほほえんでおじぎしたと思ったら、握《にぎ》りこぶしを作って前後に動かし、ひざをぷるぷるさせながら、イスにすわるようなかっこうをした。

その謎《なぞ》の動作を三回くり返して、ぼくのほうを向いた。

「どうです、『そこから歩いて移動《いどう》し、ヒッチハイクをして、車に乗せてもらって帰ってきなさい』というふうに見えましたか？」

「いえ、見えませんでした……」

正直に言ったら、水野《みずの》さんがため息をついた。

「そうだ！」

ぼくは家に入って、紙とペンを取ってくると、紙に大きく**【よめる？】**と書いて、ツクバイの上に差《さ》し出した。

「なるほど！　その手がありますね！」

水野《みずの》さんがぽんと手を打った。

おじさんも、おお、その手があったか、みたいな顔になって何度もうなずいている。

ぼくはさっそく、さっき水野《みずの》さんがやってたことを書いた。

【そこから歩いたり、車に乗せてもらったりして帰ってこられない？】

するとおじさんは、両手で×を出して、首を横にふった。

口をゆっくり動かして、何度も二文字の言葉を伝えてこようとしている。

「『い、ま』かな、それとも『ひ、ま』？　あっ、『し、ま』じゃない？　島って言ってるのかも！」

急いで紙に**【島？】**と書いて見せた。

おじさんは、ものすごい勢《いきお》いで首を縦《たて》にふった。

「やっぱり島なんだ！」

伝《つた》わるってうれしいし、ほっとする。たいへんな状況《じょうきょう》だけど、おじさんもちょっと明るい顔になっている。

ところが、水野《みずの》さんは深刻《しんこく》そうに、うーんと、うなった。

「直紀《なおき》さん、これはもしかすると……」

「な、何？」

水野《みずの》さんがまた、何かよくないことを言いだしそうで、ぼくは身構《みがま》えた。

「一臣《かずおみ》さんたちは、異空間《いくうかん》に連《つ》れこまれているのかもしれません」

3
おじさんとシロが……!

「地図にはない場所です。おそらく、このツクバイの『通路』を通るしか、もどってくる方法《ほうほう》がないんでしょう。向こうにも、水の入ったツクバイのようなものがあって、一臣《かずおみ》さんはそこからのぞいているのかも」

「異空間《いくうかん》……?」

水野《みずの》さんの言うことは当たってる気がした。

「ねえ、ツクバイから手を出した透《す》けてる人は、今どこにいるんだろう?」

ぼくは、紙に【すけてる人は?】と書いておじさんに見せた。

すると、おじさんは三文字の言葉をゆっくりと言った。

でも、ぜんぶ「ア」みたいな口の形で、わからない。

「ア、ア、ア? 水野《みずの》さん、わかった?」

「なんでしょう、わかりませんね。とりあえず、やつが近くにいて、襲《おそ》ってきたりする状況《じょうきょう》ではなさそうですが」

シロがいっしょにのぞきこんでいるけど、目は閉《と》じたままだ。

おじさんは三文字の「ア」が何なのかを伝《つた》えるのはあきらめたらしく、また、こっちに手をのばそうとしてきた。

水面に映《うつ》っているおじさんの顔とシロの姿《すがた》がゆれるけど、何も変《か》わらない。

ぼくは、庭に落ちている小石を取ってきた。

「水野《みずの》さん、今、こっちから水の中に物を入れたらどうなると思う？」

「さ、さあ」

水野《みずの》さんも首をひねる。

「もし、この石が向こうに届《とど》いたら、紙とかペンも送れるんじゃないかな。そしたら、おじさんもいろいろ書いて説明《せつめい》して、状況《じょうきょう》がもっとわかるかもしれない」

水野《みずの》さんは感心してくれた。

「直紀《なおき》さん、あなた、なかなか知恵《ちえ》がありますね。でも、水にはふれないようにしてくださいよ」

「うん、気をつける」

ぼくは紙に【石を入れてみるね】と書いて、小石といっしょにおじさんに見せた。

また水から手が出てこないか用心しつつ、ぼくは小石をツクバイの中へ投げ入れた。

ぽっちゃん。

小石は水の中に落ちて、ツクバイの底《そこ》に沈《しず》んだ。

しばらく見ていたけど、底《そこ》に落ちたまま動かない。

水の中に手を入れるのは怖《こわ》いから、庭に落ちていた長めの木の枝《えだ》を使って、石をは

3

おじさんとシロが……!

じき出した。

もう一度やってみたけど、結果《けっか》は同じだった。

「ダメみたい……」

「この『通路』を開いた者、つまり『通路』の主《ぬし》がいっしょにいないと、通れないというルールなのかもしれません。まあ、そうじゃなかったら、ゴミでもなんでも向こうへ送られてしまいますしね」

水野《みずの》さんは腰《こし》を低《ひく》くして、注意深くツクバイの様子をうかがっていた。

「『通路』の主《ぬし》って、きっと透《す》けてるあの人だよね。ウロコのついた服を着てた……」

それで思い出した。

「あーっ、木にひっかかってたふしぎな服の昔話って、『天女《てんにょ》の羽衣《はごろも》』だ! 水野《みずの》さん知ってる?」

「ええ、知ってますよ。てんにょにょ……、いえ、天女《てんにょ》の羽衣伝説《はごろもでんせつ》ですね。たしか、天女《てんにょ》が羽衣《はごろも》を木にかけて水浴《みずあ》びしてたら、男に羽衣《はごろも》をかくされて天に帰れなくなったという」

「そう、あの話だと、羽衣《はごろも》をはおった天女《てんにょ》は、空を飛《と》べるようになったでしょ。この切《き》れ端《はし》を使えば、もしかして……!」

4　羽衣作戦《はごろもさくせん》

ぼくが縁側《えんがわ》で紙を三枚《まい》ほど小さく折《お》りたたんでいる間に、水野《みずの》さんが台所からラップと輪《わ》ゴムを探《さが》してきてくれた。

ペンとたたんだ紙を、ぬれないようにラップでくるんだ。それをさらに、ウロコのついた切《き》れ端《はし》で巻《ま》いて、輪《わ》ゴムでとめると、ぼくはおじさんにメッセージを書いて見せた。

【今から、紙とペンを入れてみる】

そうしてウロコのついた切《き》れ端《はし》でくるんだ紙とペンを、ツクバイの真上に差《さ》し出した。

「きっと、うまくいくよ！」

手をはなすと、それは真っすぐに水面へと落ちていった。

ぽちゃっ。

4

羽衣作戦

そして、水の中で消えた。

同時にツクバイの水が増《ふ》えて、ぶわっとあふれた。

波紋《はもん》がおさまるのを、息をのんで待っていると、向こう側《がわ》で何度もバンザイをして、よろこんでいるおじさんの姿《すがた》が映《うつ》った。

おじさんの手には、ぼくが送ったペンと紙が握《にぎ》られていた。

「うわあ、届《とど》いた！」

「直紀《なおき》さん、やりましたね！」

水野《みずの》さんの声もはしゃいでいる。

「うん。きっと、透《す》けてる人の服には、水の『通路』を通れる力があって、ウロコのついた切《き》れ端《はし》にも同じ力があったんだよ！」

「天女《てんにょ》の羽衣《はごろも》の話も、実際《じっさい》にあったふしぎな出来事《できごと》が元になっているかもしれませんね」

ちょっとほっとしてふたりで話していると、ツクバイに映《うつ》っているおじさんたちの姿《すがた》がゆらいだ。

おじさんが、ウロコのついた切《き》れ端《はし》を手に巻《ま》いて、こっちに出そうとしていた。

でも、映《うつ》っているおじさんとシロの姿《すがた》がゆらぐだけで、手は出てこない。

「あの切《き》れ端《はし》じゃ、おじさんには小さすぎるよね」

「そうでしょうね、大きな服のほんの一部なんでしょうから」

しゃべっていると、急にツクバイの水が増《ふ》えて、ぶわっとあふれた。

そして、水面から何かが、ぽん、と飛《と》び出て、コケの上を転がった。

「えっ、何？」

飛《と》び出してきたのは、ウロコのついた切《き》れ端《はし》でくるまれた小石だった。ぼくらが送った輪《わ》ゴムでとめてある。

「これ、きっと、向こうにあった石だよね」

小石を拾《ひろ》ってふり向くと、水野《みずの》さんがまた軒下《のきした》まで飛《と》びのいていた。

水野《みずの》さんは用心深く小石をにらみながら、ぼくのそばへもどってきた。

「そ、そのようですね」

「それくらいの小さなものなら、ウロコのついた切《き》れ端《はし》で送り合えるってことですね。おにぎりとかも送れるかもしれません。よかった、これで食料《しょくりょう》の問題は解決《かいけつ》しそうです」

水野《みずの》さんはすっかり笑顔《えがお》になって、小さいチョコレートだとか、エナジーバーだとか、送れそうなものをいろいろつぶやきはじめた。

4
羽衣作戦

「ねえ、水野《みずの》さん、おじさんを小さくする方法《ほうほう》はないのかな」

真面目《まじめ》に言ったんだけど、水野《みずの》さんは「は?」と言ってぼくを見た。

「だって、水野《みずの》さんも、ふつうの猫《ねこ》のサイズになれるでしょ? おじさんも小さくできないのかな」

「うーん」

水野《みずの》さんは、ツクバイの前で腕組《うでぐ》みした。

「一臣《かずおみ》さんは、元のサイズが人間ですからねえ。わたしたちが『化ける』っていうのは、基本的《きほんてき》に、『大きくなる』ってことなんです。元々《もともと》の体より小さくなるのは、ちょっとむずかしい気が……。ん? 一臣《かずおみ》さんが何か書いてますよ」

水面をのぞくと、おじさんが見せてきた紙には、こう書かれていた。

【その切《き》れ端《はし》、庭にもっと落ちてないか?】

「なるほど、ウロコのついた切《き》れ端《はし》がもっとあれば、大きな一臣《かずおみ》さんたちでも通路を通れるかもってわけですね。探《さが》してみましょう!」

水野《みずの》さんがそう言い終わるより先に、ぼくはどこかに光るものが落ちてないか庭を見回して探《さが》しはじめていた。

ホッチキスの芯《しん》は見つけたけど、切《き》れ端《はし》のようなものは何もなかった。

しゃがんで探《さが》し続《つづ》けて、立ち上がるとふらふらした。

もう夕方になっていた。

庭の木の影《かげ》が、いつの間にか長くなっていて、裏《うら》の森からは、さみしげなヒグラシの鳴き声が聞こえている。

「直紀《なおき》さん、このあとのことですが……、今晩《こんばん》はわたしが、この庭にテントを張《は》ってツクバイを見張《みは》っておきます」

「ツクバイを？」

「いろいろとまずい状況《じょうきょう》ですが、今は、このツクバイが何よりも大事なものです。万が一このツクバイを壊《こわ》されたり、盗《ぬす》まれたりしたら、一臣《かずおみ》さんがほんとに帰ってこられなくなるかも」

（そうだ、今、このツクバイがなくなったら……、おじさんはもどれない）

想像《そうぞう》したら血の気が引いたのか、足の先がすうすうしてきた。

「こんな重い石の水入れ、ふつうは壊《こわ》せませんし、簡単《かんたん》には盗《ぬす》めません。ですが、この庭は何が起こるかわかりませんからね」

いつもの庭が、ぜんぜん知らない場所に見えてきた。

4
羽衣作戦

「ぼくも泊《と》まって見張《みは》りたい！」

「いいえ、直紀《なおき》さんは帰ってください」

「どうして？　おじさんをほっといて帰れないよ」

水野《みずの》さんはあやまるように言った。

「直紀《なおき》さん、これは、わたしからのお願《ねが》いです。夜中に『通路の主《ぬし》』が現《あらわ》れるかもしれない。わたしひとりだけなら逃《に》げることもできますが、直紀《なおき》さんがいると……、そうはいかなくなります」

「そっか……」

「夜は、危険《きけん》なものたちの力が強くなりますからね」

水野《みずの》さんに無理《むり》は言えない。おじさんも疲《つか》れて休んでいるのか、水面に顔を出してこない。

「おじさん、シロ……」

（もし夜中に何かあって、もう二度と会えなくなったら、どうしよう……）

最悪《さいあく》のことを考えながらツクバイをのぞいていると、おじさんの顔がいきなり映《うつ》った。

興奮《こうふん》して何かさけんでいる。

おじさんは両手いっぱいに、切《き》れ端《はし》についてるのと同じウロコを持っていた。

「見て、水野《みずの》さん、ウロコがあんなに！」

「ずいぶんたくさんですね、向こうに落ちてたんでしょうか」

すると、おじさんはぼくたちにメッセージを見せてきた。

【透明《とうめい》なゴミ袋《ぶくろ》と接着剤《せっちゃくざい》を送ってくれ！】

それから、マントをはおるようなジェスチャーをする。

「きっと、ウロコのついた羽衣《はごろも》みたいなものを、自分で作る気なんだよ！」

「なるほど、透明《とうめい》なゴミ袋《ぶくろ》と、接着剤《せっちゃくざい》ですね！」

ぼくらは大急ぎで、家の中へ探《さが》しに入った。

透明《とうめい》なゴミ袋《ぶくろ》は、はおりやすいようにハサミで切り開いて、小さく折《お》りたたんで送った。接着剤《せっちゃくざい》も、念《ねん》のためラップに巻《ま》いて防水《ぼうすい》して送った。

材料《ざいりょう》を送って、三十分後……、水面が大きく波打った瞬間《しゅんかん》、おじさんとシロが、ずぶぬれでツクバイから飛《と》び出てきた。

出てくる時おじさんの体は、ツクバイに吸《す》いこまれた時と同じように、ぐにゃっとゆがんで細長くなっていた。

「おじさん!!　大丈夫《だいじょうぶ》!?　よかった……」

4
羽衣作戦

ぼくは出てきたおじさんの腕《うで》に抱《だ》きついた。

本物のおじさんだ。ゆがんでのびていた体もちゃんともどってる。おじさんの腕《うで》からぬけ出したシロが、プルプルッとぬれた体をふるわせた。

おじさんは苦しそうに体を丸めてせきこんで、しばらくゼーゼーと荒《あら》い息をしていた。

肩《かた》にはおった自作の羽衣《はごろも》には、ウロコがびっしりはりつけられて光っていた。

「ウロコ、こんなに……」

「そ、それなんだよな……」

無事《ぶじ》にもどってこられたのに、おじさんはなんだかすっきりしない顔をしていた。

「と、とりあえずシャワーを浴《あ》びて着替《きが》えたい。水野《みずの》さん、助けにきてくださったんですね、ありがとうございます。すぐに向こうのことを報告《ほうこく》しますから、少し待ってください」

「わかりました」

おじさんに返事している間も、水野《みずの》さんはツクバイから視線《しせん》をそらさなかった。

「直紀《なおき》さん、今すぐこのツクバイにふたをしてしまいましょう。土を入れるのです！」

「土を？」

4
羽衣作戦

「ええ、こっちに水がなければ、この『通路』は閉《と》じるはずです。倉庫《そうこ》にスコップがあります。持ってきてください」

「わかった！」

ぼくは、急いで倉庫《そうこ》へ向かった。


「はあ〜、えらい目にあった」

さっぱりしたおじさんが、ふらふらしながら座敷《ざしき》にやってきた。

水野《みずの》さんとぼくとで庭のツクバイに、山盛《やまも》りに土を盛《も》った。

「ツクバイから出てきた透《す》けてるやつの正体ですけど、あいつは魚です」

「魚？」

ぼくはびっくりしたけど、水野《みずの》さんは納得《なっとく》していた。

「なるほど化け魚ですね」

「そうか、おじさんが何度も口を動かしてたの、あれは『さ、か、な』って言ってたんだ」

うなずいて、おじさんが説明《せつめい》を続《つづ》ける。

「向こうへ出た直後は、人の姿《すがた》をしていたんです。水みたいに透《す》けていたけど、庭で見たのとまったく同じ姿《すがた》だった。あとから飛《と》び出したオレが、上から落っこちてつぶしちゃって。そしたら、じわっと形が変化《へんか》して魚になりました。すごく大きくて、直《なお》紀《き》の身長くらいあったかな」

「それは、魚の姿《すがた》になっても透《す》けてましたか？」

「ええ、人の時と同じように透《す》けていました。魚になったあとは跳《は》ねて、自力で水の中へ入っていって……、あっ、ツクバイを出た向こうは、小さな島の上だったんです。まわりを見たら水に囲《かこ》まれていて……、直紀《なおき》、紙と書くものくれ」

「うん」

紙とペンを渡《わた》すと、おじさんはまず、楕円《だえん》を描《か》いて「**島**」と書いた。

「小さい島で、島の上に、きれいなお屋敷《やしき》が立ってました。でも、その屋敷《やしき》には屋根がなかったんです」

おじさんは最初《さいしょ》に描《か》いた楕円《だえん》の内側《うちがわ》に、ほとんど同じ大きさの長方形を描《か》いて、「**屋根のない屋敷《やしき》**」と書きこんだ。

「ほう、屋根がない屋敷《やしき》でしたか……」

水野《みずの》さんは何か心当たりがあるのか、大きくうなずいた。

「ええ、壁《かべ》も柱もふすまもあるのに、そこから上がないんです。座敷《ざしき》がいくつもある

4
羽衣作戦

大きな屋敷《やしき》なのに、だれもいなかった。上を向くと、空じゃなくて水の層《そう》があるみたいに、光がゆらゆらゆれてるんです。まるで水中から水面を見上げてるような感じで。それで、これは変《へん》な空間に来ちゃったんだなってわかりました。これはまずいかもって……」

水野《みずの》さんが言った通り、地図にはない異空間《いくうかん》だったたってことだ。

「島は水に囲《かこ》まれていました。淡水《たんすい》だったから、広い湖なのかな。遠くの水平線のあたりが白い霧《きり》でもやもやっとしてて、泳いで島を脱出《だっしゅつ》できるようにはとても思えませんでした」

おじさんは、紙の白いところに「**ぜんぶ水！**」って書いた。

「人の気配が何もない、すごく静《しず》かな場所でした。あと、屋敷《やしき》には中庭があって、その庭の真ん中に、大きな水入れがありました。こっちのツクバイとよく似《に》ているんですけど、平たいお皿っぽい感じで、石じゃなくて黒い焼《や》き物でした。オレとシロは、そこから出てきたんです」

おじさんは小さな丸を描《か》いて「**黒い水入れ**」と書いた。

「それで……、魚になったやつなんですけど、ずっと島の近くを泳いでたみたいで」

おじさんは、ため息をついて続《つづ》けた。

「オレ、紙に書いたでしょ。**【その切れ端《はし》、庭にもっと落ちてないか？】**って。向こうでも、『どっかに、ウロコ落ちてないか？』ってシロに言いながら、島の中を探《さが》してたんです。そしたらまるで、それが聞こえたみたいに、魚が急にとがった石のある岩場で、跳《は》ねはじめて……」

「じゃあ、そのウロコって、魚が自分で落としてくれたウロコなの？」

ぼくはゴミ袋《ぶくろ》についたウロコを見た。

ざっと見ても、五十枚以上《まいいじょう》はあると思う。

「そうなんだ。ずっと跳《は》ねて、傷《きず》だらけになって……」

おじさんは自分が痛《いた》みを感じたように、顔をしかめて腕《うで》をさすった。

水野《みずの》さんは、目を閉《と》じてうなった。

「一臣《かずおみ》さんとシロが連《つ》れていかれたのは、水中の異空間《いくうかん》ということでまちがいないでしょう。実際《じっさい》にあるどこかの湖や池の中に、もうひとつ別《べつ》の空間が存在《そんざい》するわけです。神レベルの大物は、そういう異空間《いくうかん》に住むと聞きます。家賃《やちん》もいらないし、税金《ぜいきん》もかからない……」

水野《みずの》さんは話しながら、なんだか不満《ふまん》そうだった。

「『屋根のない屋敷《やしき》』というのも、そういう空間によくあるものです。日の光が入っ

4
羽衣作戦

て明るいですし、雨が降《ふ》る心配もないですから」

「あー、なるほど……」

おじさんが、感心したようにうなずいた。

「あのツクバイが『通路』になって、何かが出てきたなんてことは、これまで一度もありませんでした。話を聞いた感じでは、大物になりたてのやつかもしれません。人になったり、魚にもどったり、姿《すがた》も不安定《ふあんてい》なようです。シロを狙《ねら》ってきたのか、たまたまシロを見つけてつかまえようとしたのか……。まあ、ツクバイに土を入れておけば、もう出てはこれないでしょう」

それだけ言うと、水野《みずの》さんはふにゃっと目を閉《と》じて倒《たお》れそうになった。

「す、すみませんが、久々《ひさびさ》に緊張《きんちょう》して疲《つか》れました。これで帰らせていただきます」

「あっ、そうしてください。どうもありがとうございました！」

シロの体をあったかいタオルでふいてやったあと、ぼくも帰ることにした。

おじさんが、シロを抱《だ》っこして縁側《えんがわ》から見送ってくれた。

「直紀《なおき》、暗いから気をつけて帰れよ」

「うん」

おじさんに手をふって勝手口から出た。

4
羽衣作戦

そうして、自転車にまたがった時、ぼくは、急にぞっとしてきた。

(今回、たまたま、おじさんたちは無事《ぶじ》にもどってこられた。だけど、取り返しがつかないことって、きっと、あんなふうにいきなり起きるんじゃないかな……)

自転車に乗って坂道を下っても、ぼくはほっとなんてできなくて、「怖《こわ》い」って思ったままだった。

5　おじさんの危《あぶ》ない提案《ていあん》

おじさんは、庭に出てきた透《す》けてる人のことがずっと気になっているみたいだった。

「あいつ、まだ魚の姿《すがた》になったままなんだろうか。水槽《すいそう》の金魚とか、ウロコが一枚《まい》はがれただけで、そこにカビが生えて死んじゃったりするだろう？　それが、あんなにたくさんはがれちゃって……」

魚のウロコは、はがれても、あとでちゃんと再生《さいせい》するってわかった時は、自分のことのようによろこんで報告《ほうこく》してきた。

「あの島にはだれもいなかった……。あいつ、人の姿《すがた》の時は、あそこにひとりで住んでるのかな」

そう言って、土が山盛《やまも》りになっているツクバイをじっと見ていることもあった。

夏休みの初日《しょにち》。

5

おじさんの危ない提案

ぼくは、朝七時におじさんちへ行った。

おじさんも授業《じゅぎょう》しにいっている高校が夏休みになるから、丸々《まるまる》休みになるそうだ。おじさんは、どこにも行かずに、教員採用試験《さいようしけん》の小論文対策《しょうろんぶんたいさく》をしたいって言っていた。おじさんが去年試験《しけん》に落ちたのは、二次試験《しけん》の小論文《しょうろんぶん》がぜんぜん書けなかったからだ。

それで母さんが、夏休みの間、毎朝おじさんとぼくの朝ごはんを作って持たせてくれて、ぼくがそれを配達《はいたつ》することになった。

そうすればおじさんは、毎日早起きできるし、ちゃんと朝ごはんも食べて勉強をがんばれる。ぼくも、朝からおじさんちに行って、たっぷり一日好《す》きなことができる。

「毎朝七時に来てくれ」って言ったのは、おじさんなのに、おじさんはなかなか起きてくれなかった。

庭から何度もよびかけてやっと雨戸が開いた。眠《ねむ》そうなおじさんが洗面所《せんめんじょ》に行ったので、ぼくは縁側《えんがわ》に、母さんが作ってくれた朝ごはんをならべた。

サンドイッチにスープ、切った果物《くだもの》のパックもある。

朝露《あさつゆ》のついた庭のコケが、きらきらしてすごくきれいだった。

そのぶん、土をかぶせたツクバイが、異様《いよう》なものに見える。ぼくはツクバイから目をそらすようにして、おじさんを待った。

　すると、顔を洗《あら》ってようやく目が覚《さ》めたらしいおじさんが、いきなり言ってきた。

「なあ直紀《なおき》、ツクバイから出てきたあいつに、声をかけてみないか？」

「えっ」

「妖力《ようりょく》が高いものなら、水の通路越《ご》しにも音が聞こえるって、水野《みずの》さんが言ってたんだろ？　あいつはきっと聞こえるんだよ。あいつ、魚になったあと、オレが『ウロコがもっとあれば……』ってつぶやいたら、ウロコを落とすために自分の体を岩に打ちつけたんだぞ。つまり、悪いやつじゃないんだよ」

　おじさんは目をきらきらさせてぼくを見ていた。

「な、何言ってるの？　あれは、この庭にシロをつかまえに来たものだったでしょ？」

　シロのことが大好《だいす》きなおじさんが、どうしてそんなことを言いだすのか、ぼくが信《しん》じられない気持ちで聞き返すと、おじさんはちょっと苦笑《にがわら》いしながら、軽い感じで答えた。

「いや、オレが考えるに、あいつは、シロをさらっていじめようとしたんじゃなくてさ、シロに興味《きょうみ》をもっただけかもしれない。シロが、かわいいから。あの日のことは、事故《じこ》みたいなもんだったんじゃないかな。それで、オレ考えたんだけど、一日三十分だけ、ツクバイに水を入れて声をかけてみるのはどうだろう？　名づけて『声かけ作戦《さくせん》』だ！」

そして、たのしそうに説明《せつめい》しはじめた。

・作業は必《かなら》ず、ぼくとおじさんのふたりがいる時にする。
・水を入れた三十分間は、ふたりとも家の柱につないだロープを腰《こし》に巻《ま》いておく。
・シロは念《ねん》のために家の中で、ペットケージに入れておく。
・その状態《じょうたい》で、ツクバイに向かって声をかけてみる。
・万が一向こうへ引きこまれたら、残《のこ》ったほうが「ウロコの羽衣《はごろも》」を送って救出《きゅうしゅつ》する。

「ロープって、『命づな』ってこと？」

「ああ。見ろ、実はもう買ってきてるんだ」

おじさんは、パソコンのそばからホームセンターの袋《ふくろ》を取ってくると、長いロープ二巻《ま》きと、D《ディー》の形をした金具を得意《とくい》げに見せてきた。

「D《ディー》カンっていうらしい。登山グッズのコーナーにあったんだ。これを使えば、ズボンのベルト通しに、ロープの先を簡単《かんたん》に引っかけられる」

危《あぶ》ないことを機嫌《きげん》よく話すおじさんを見ていたら、ものすごく不安《ふあん》になってきた。

「危険《きけん》すぎるよ！　そうまでしてあの透《す》けた人に声をかけたいの？」

思わず大きな声で言い返したら、おじさんは少しうろたえた。

「だってさ、この庭に来るものの世話をするのが、オレたちの役目だろ。これまでこの庭を守っていた人たちは、みんなそうしてきたんだし」

絶対《ぜったい》に止めなきゃと思って、ぼくは真剣《しんけん》に話した。

「だけど、今回は、この庭のことを昔から知ってる水野《みずの》さんが、危《あぶ》ないからってツクバイに土をかぶせたんだ。それに、もし危険《きけん》なものだったら、この庭に出てこないようにしておくことだって、ぼくらの役目だと思う」

おじさんは困《こま》ったような顔になって、少しだけだまった。

でも、やっぱり自分をツクバイに引きこんだ透《す》けてる人をかばい続《つづ》けた。

「直紀《なおき》は、魚になったあいつが、岩場で跳《は》ねたところを見てないからそう思うんだよ。あいつはきっと……」

「おじさん……」

自分でもびっくりするくらい、とがった声が出た。

「おじさんとシロが向こうに連《つ》れこまれた時、ぼく、ほんとに怖《こわ》かったんだよ。ふたりがこのまま、もう二度と帰ってこられなくなるのかも、って本気で思った。もう会えなくなるんじゃないかって。おじさんは、ぼくがどんなに心配したかぜんぜんわかってない！」

おじさんは、今度こそだまった。

一分くらい経《た》って、「悪かった」と一言つぶやくと、それきり、ツクバイの話も透《す》けてる人の話もしなくなった。

5
おじさんの危ない提案

そのあと、ぼくは自転車に乗っておじさんちを出た。

なんとなく、おじさんちにいるのが気まずくて出てきたから、行き先は考えてなかった。

ぼんやり自転車をこいでたら、自然《しぜん》に城跡《しろあと》のほうへ向かっていた。

ツクバイに水を入れていた時に、毎日通っていたし、城跡《しろあと》に行けばおじさんちほどじゃないけど、少しすずしい。

四角い石の吐水口《とすいぐち》からは、いつも通りに水がどばどばと流れ出していた。

でも、もうツクバイに入れる水をくむ必要《ひつよう》はない。空のペットボトルも持ってきていない。

（はあ、このあとどうしよう）

まわりの高い木の上で、セミがわんわん鳴いていた。まだ朝も早いし、しかも夏休み初日《しょにち》なのに、プールの授業《じゅぎょう》のあとみたいにぐったりしていた。

（おじさんの計画には反対したけど、あの透《す》けてた人のことはぼくも気になる。おじさんとシロのためにウロコを落としてくれたなら、やさしい人なのかもしれない……。それに、シロは、庭でも向こうでもずっと目を開いていなかったし）

もう一度ため息をついて、まわりを見回した。

いつもなら、生えてる植物をひとつずつ観察《かんさつ》するんだけど、そんな気も起きない。

ぼくはふと、鏡池《かがみいけ》のほうを見た。

ふだんは「会いたい人が映《うつ》る」という言い伝《つた》えを信《しん》じているのか、人が水面をのぞいているけど、めずらしく今日はだれもいない。

静《しず》かに池を見ている人を邪魔《じゃま》したくなくて、ぼくはあまりこの池には近づかないようにしていた。

（そういえば……、会いたい人の姿《すがた》が水面に映《うつ》るって、この前の事件《じけん》と似《に》てる？）

ぼくは砂利道《じゃりみち》に自転車をとめて、柵《さく》から顔を出すと、すぐ下の水面をのぞいてみた。

水が透《す》き通っていて、池の底《そこ》までよく見える。

5
おじさんの危ない提案

お堀《ほり》やほかの池は、ハスやヒシが大繁殖《だいはんしょく》して水面をおおっているのに、鏡池《かがみいけ》には水草もほとんど見あたらない。

(水がきれいすぎると、生き物は少なくなるって聞いたことがある。水が澄《す》んで透明《とうめい》に見えるってことは、魚のエサになるプランクトンが少ないってことで、そういう水の中では魚も増《ふ》えにくいし、水生植物《すいせいしょくぶつ》も少なくなるって)

よく見ると、水くみ場から出ている「お城《しろ》の水」が水路でつながっていて、鏡池《かがみいけ》のほうへ流れこんでいる。

つまり、鏡池《かがみいけ》の水は、ぜんぶがお城《しろ》の水ってことだ。

もう一度下の水面をのぞくと、ぼくのすぐ横に小柄《こがら》なおばあさんが映《うつ》っていた。

「わっ」

びっくりして飛《と》びのいてしまった。

(ぜんぜん気づかなかった。いつからとなりにいたんだろう……)

おばあさんはそのまま池を見ている。

首から、緑色の大きながま口の財布《さいふ》をぶら下げた、しわもしみも、たくさんあるおばあさんだ。うちのおばあちゃんよりも、ずっと年が上だと思う。

下に置《お》いた手さげ袋《ぶくろ》には、ペットボトルが二本入っている。くみたてのつめたいお城《しろ》の水が入っているらしく、ペットボトルの表面がくもっている。手さげだけじゃなくて、ならべて置《お》いたリュックにもペットボトルが二本くらい入っていそうだ。

（……水をくみにきた人、だよね？）

目が合ってしまったので、ちょっと頭を下げると、声をかけられた。

「あんた、だれか会いたい人がいてこの池を見てるの？」

「いえ、特《とく》に……」

おばあさんは、ほうっ、と息をついた。

「あたしは会いたい人がいる……。もう会えないけど」

おばあさんは水面を見つめたまま続《つづ》けた。

「教えといてあげるけど、特《とく》に用がないならこの池をのぞくのはやめたほうがいい。この池には化け魚が一匹《ぴき》いて、心に思い浮《う》かべたことをぜんぶ見られちゃうから」

「ば、化け魚？」

思わず大きな声が出た。

「体が透《す》けてるから見えにくいだろうけど、大きな魚なんだよ。まあ、ちょっと前からいなくなってるんだけどね。どこに行っちまったんだろう」

おばあさんは、「それじゃあね」と言ってリュックを背負《せお》い、手さげを持って歩き

5

おじさんの危ない提案

だした。

ぼくは、ぽかんと突《つ》っ立っていた。

おばあさんはそのまま、広い砂利道《じゃりみち》のほうへ出ていく。

もっと話が聞きたい。だって、「化け魚」って、もしかしたら……。

鏡池《かがみいけ》をふり返っている間にも、おばあさんは歩いていってしまう。

手さげが重いのか、体を逆側《ぎゃくがわ》に反らせている。

「あの、手伝《てつだ》いましょうか？」

思い切って声をかけると、おばあさんがおどろいた顔でふり向いた。

「水を持ってくれるってのかい？」

「えーと、持つっていうか、その……、自転車にのせることもできるし……」

ぼくがとめている自転車を指差《さ》すと、おばあさんはにんまり笑《わら》いながらもどってきた。

「親切なんだね。実はあたし、あんたのことは前からよく知ってるんだよ。そこのコンクリートの溝《みぞ》のとこで、カエルをたくさん助けてくれただろ？」

「あ、はい……」

おばあさんは、ぼくの前に手さげとリュックをどすっと置《お》いて言った。

5

おじさんの危ない提案

「たのんでもないのに側溝《そっこう》で苦しんでいるカエルを助けた人間は、ここ百年であんただけだ」

（ひゃ、百年？）

「いつも、ひとりでこの水辺《みずべ》へ来て、草や木を熱心《ねっしん》にながめているのも見てたんだ。おしゃべりが好《す》きなタイプじゃなさそうだし、あまり友だちはいないだろう。ちがうかい？」

「えっと……、そうかも」

「しょげなくていい。ほめてるんだ。あたしらの居場所《いばしょ》を大事に思ってくれて、ちゃんとひみつも守れそうな人間ってことだ。あたしの店へ招《まね》くのはそういうやつがいいんだから」

（あたしの店？）

「あたしがこれまでに店へ招《まね》いた人間は、三人だけ。植木職人《うえきしょくにん》のクニオさんとノブさん、それに、浄水場《じょうすいじょう》の職員《しょくいん》だったヤスさん。しょっちゅうあたしのコケ茶を飲みにきてさ、おしゃべりしていっぱい笑《わら》って長生きしたんだよ。でも、みんなもう死んじゃったんだよね」

おばあさんは少し悲しそうにほほえんだ。

「そろそろ新しく、あたしたちを気にかけてくれるような、たよりになる人間の仲間《なかま》がほしいって思ってたんだ。あんたはまだ子どもだけどさ、すぐに、しっかりした大人になるよ。年が若《わか》いのは問題ない。ただ……」

そう言うと、ぼくの体のまわりをぐるっと回ってにおいをかぎはじめた。

「えっ、ちょっ、ちょっと、な、何？」

そして、残念《ざんねん》そうに首をふった。

「あんた……、なんだか猫《ねこ》くさいんだよね」

「ええっ」

シロのにおいがついてるのかな。

自分で服と手をかいでみたけど、洗剤《せんざい》とひなたのにおいがするだけだ。

おばあさんは、目をぐっと見開き、ぼくの頭のてっぺんからつま先までを、じーっと見つめはじめた。

そのレーザービームのような視線《しせん》が、顔のところでぴたりと止まった。

「その顔の傷《きず》はどうしたんだい？」

はっとして、思わず右頬《みぎほお》に手を当てた。

ぼくの頬《ほお》には、「六幻《ろくげん》」という名の、とても強い妖力《ようりょく》をもつ化《ば》け猫《ねこ》にひっかかれた

5

おじさんの危ない提案

傷《きず》が残《のこ》っている。六幻《ろくげん》は、女の人の恨《うら》みの念《ねん》を封《ふう》じるために、おじさんちの庭で二百年も眠《ねむ》っていたんだ。その女の人は小夜《さよ》さんといって、六幻《ろくげん》の飼《か》い主《ぬし》だった。

「それは、ふつうの傷《きず》じゃあないだろう」

「あ、これは……」

ぼくはこのあやしいおばあさんに、六幻《ろくげん》のことをなんて説明《せつめい》しようか迷《まよ》った。

六幻《ろくげん》は、今はもう呪《のろ》いから解放《かいほう》されて、遠くへ出かけている。

ぼくにこの傷《きず》をつけたことを気にしていて、もどってきたら「傷《きず》の借《か》りは返す」って、約束《やくそく》してくれているんだ。だから悪いものではないんだけど……。

頬《ほお》に手を当てたまま、ぼくは歯切れ悪く答えた。

「えーと、猫《ねこ》？　に、……ひっかかれました」

「ね、猫《ねこ》？　猫《ねこ》って、ただの猫《ねこ》じゃないね!?」

おばあさんが血相《けっそう》を変《か》えて聞いてくるので、ぼくは本当のことを話した。

「あ、はい、その……、化《ば》け猫《ねこ》に」

おばあさんは「ひーっ！」とさけんであとずさった。

「あんた、化《ば》け猫《ねこ》に食《く》われかけたのかい、よく無事《ぶじ》だったね！」

両目に涙《なみだ》を浮《う》かべて泣《な》きそうになっている。

「猫《ねこ》くさいなんて、あたし、悪いこと言っちゃったよ。強い妖怪《ようかい》にやられた傷《きず》には、そいつの妖力《ようりょく》が残《のこ》る。その傷《きず》のせいで猫《ねこ》くさいんだ、ああ……、かわいそうに」

おばあさんはふるえる手をのばして、ぼくの頬《ほお》の傷《きず》にさわった。

焼《や》き立てのパンみたいな、やわらかい手だった。

「実は、あたしも『化け』なんだけどさ、心配しないでおくれ。あたしは『化けガエル』だから、あんたの敵《てき》じゃあない」

「化け……、ガエル⁉」

おばあさんは、自分の孫《まご》を見るようなやさしい目でぼくを見ている。

この時、ぼくはなんだかまずいことになったな、とうっすら気づいていた。

化《ば》け猫《ねこ》にひっかかれたのは本当だけど、いろいろあって今はその化《ば》け猫《ねこ》と仲良《なかよ》くなっている。そのことを説明《せつめい》しておかないと……。

だけど、おばあさんはどんどんしゃべって、話はまったく途切《とぎ》れなかった。

「あたしらカエルはいろんなものに食《く》われる。だけど、猫《ねこ》のやつらがいちばん恐《おそ》ろしいんだよ。あたしたちを半殺《はんごろ》しにしたまま、食《く》いもしないでもて遊んだりするんだから……。じゃ、水を運ぶのを手伝《てつだ》ってもらおうかね。ちゃんとお礼もするよ。これ、のせてくれるかい？」

5

おじさんの危ない提案

「あ……、は、はい」

ぼくは、水が入ったおばあさんのリュックを自転車のカゴにのせ、手さげをハンドルに引っかけた。

おばあさんは、バンザイをするように腕《うで》を上げて肩《かた》をぐるぐる回した。

「はあ～、楽になった、助かるよ。先月、ここらの水辺《みずべ》を守っていた主様《ぬしさま》が亡《な》くなってね……。自由自在《じざい》に水を扱《あつか》える方だったから、うちの店でいつもお城《しろ》の水を出してもらってたんだ。だけど、亡《な》くなってからは、あたしが自分で水くみしてるんだよ」

「で、あんた、名前はなんていうんだい」

（水辺《みずべ》を守っていた主《ぬし》……）

「あ、直紀《なおき》です」

「直紀《なおき》……、いい名前だね。あたしは、浮葉《うきは》。浮《う》かぶ葉っぱと書くんだよ。あたしは、仲間《なかま》がお茶を飲んで休憩《きゅうけい》できる店をやっているんだ。その水は、うちの店のお茶に使うのさ」

話しながら、浮葉《うきは》さんは雑木林《ぞうきばやし》の奥《おく》へ続《つづ》く、小道へ入っていった。

6　カエルカフェ

細い道なので浮葉《うきは》さんが先を歩いて、ぼくはそのあとを自転車を押《お》してついていった。

水くみ場からも見える小道だけど、ここの雑木林《ぞうきばやし》は木の枝《えだ》からツルが垂《た》れ下がっていたりして見通しが悪いから、今まで入ったことはなかった。

（どこへ行くのかな。この小道を進んでも、お堀《ほり》か、神社の裏《うら》の斜面《しゃめん》に突《つ》き当たって、行き止まりになっちゃうと思うけど……）

水が入ったペットボトル四本は本当に重かった。小道は舗装《ほそう》してない土の道だから、バランスを取るのもむずかしい。

「あたしらはね、好《す》きで人間に化けてるんじゃないんだよ」

先を歩く浮葉《うきは》さんは、ぼくに背《せ》を向けたまま話しはじめた。

「ちょうど百年前だね、この街《まち》が急に大きくなりはじめて、湿地《しっち》や田んぼがどんどん

6

カエルカフェ

つぶされたんだ。住む場所を追われたあたしたちは、ここにたどり着いた。ところで、直紀《なおき》ちゃん」

「えっ」

いきなり「ちゃん」付《づ》けでよばれてどきっとした。

「今、ここにたくさんの池と、わずかだけど古い木が残《のこ》ってるのは、どうしてだかわかるかい？」

「それは……、お城《しろ》のそばだから？」

「半分正解《せいかい》。城跡《しろあと》を取り囲《かこ》む長いお堀《ほり》の半分以上《いじょう》は、元々《もともと》、大きな池だったのをそのまま利用《りよう》してるからね。だけど、このあたりで小さい池や森が残《のこ》った理由はほかにあるんだよ」

「え、えーと。あっ、ここに大きい神社があるから？」

浮葉《うきは》さんは立ち止まると、まわりの木々《きぎ》を見上げて言った。

「そう、ここは神社の敷地《しきち》なんだ。人間は神社の木をむやみに切ったり、考えなしに池を埋《う》めたりしない。ところが、ここでもまた木が切られ、やっと見つけた池が埋《う》められそうになったんだ。当時の神社の宮司《ぐうじ》が土地を売ってもうけようとしてね。宮《ぐう》司《じ》っていうのは神社を管理《かんり》する人間のことだよ。あたしたちは宮司《ぐうじ》のところへ出ていって説教《せっきょう》したんだ。『いいかげんにしろ。木も水もおまえら人間だけのもんじゃないんだ！』ってね。ついでに、ちょっとした呪《のろ》いをかけて、遊んでやったよ」

ぼくを見てきた浮葉《うきは》さんが、大きな口の両端《りょうはし》を、ぐーっと持ち上げて笑《わら》った。ものすごく妖怪《ようかい》っぽい笑顔《えがお》だった。

「宮司《ぐうじ》はあたしたちのために、ここらの池や森を残《のこ》すって約束《やくそく》した。だけど、人間は信用《しんよう》できないからね、ちょっとでも妖力《ようりょく》のある者は人に化けて、ここを見張《みは》ることにしたんだよ。この水辺《みずべ》をつぶそうとする話がないか、街《まち》へも探《さぐ》りに出ていってる。あたしらはこの百年間、そうしてこの水辺《みずべ》を守ってきた」

(化《ば》け猫《ねこ》の水野《みずの》さんが不動産屋《ふどうさんや》さんをやってるみたいに、化けガエルの人も街《まち》の中で働《はたら》いてるってことかな)

話を聞きながら自転車を押《お》していくと、道のわきに、柳《やなぎ》の木が二本見えてきた。ならんで立つ二本の柳《やなぎ》の木の長く垂《た》れた枝《えだ》が、カーテンみたいにゆれている。ゆらゆらゆれる枝《えだ》の下まで進むと、浮葉《うきは》さんがふり返った。

「わかってると思うけど、この先で見たことは、だれにも話さないでおくれよ」

「あ、はい」

そう答えると、二本の柳《やなぎ》の木の間に、いきなり土の道が現《あらわ》れた。

6

カエルカフェ

（この道、さっきまで見えてなかった。「鯖《さば》の皮」のドアと同じなのかも……）

浮葉《うきは》さんが柳《やなぎ》の枝《えだ》をくぐって、新しく現《あらわ》れた道の先へ進んでいく。

どきどきしながらついていくと、白いテーブルとイスがいくつか見えてきた。

木漏《こも》れ日《び》が差《さ》す草むらに、青いツユクサの花が咲《さ》いている。

「わあ、きれい……」

ぼくがつぶやくと、浮葉《うきは》さんはうれしそうにほほえんだ。

その奥《おく》に、ちょっとびっくりするくらい立派《りっぱ》な二階建《だ》ての建物《たてもの》が立っていた。

壁《かべ》をツタの葉がおおっている。二階の窓《まど》から引かれたロープには、カラフルな洗濯《せんたく》ものが干《ほ》してある。

そばにある岩の斜面《しゃめん》から、水がちょろちょろと音を立てて流れ出ていた。そのせいで、庭全体が湿地《しっち》みたいになってる。ぬかるんで歩きにくそうだけど、建物《たてもの》の入り口までは、きれいにレンガをならべた、かたい道が作られている。

そのレンガの道が始まるところに、「**カエルカフェ**」と書かれた木の看板《かんばん》が立ててあった。

「カエル、カフェ……」

すると、浮葉《うきは》さんはほこらしげに言った。

「昔は『カエル喫茶《きっさ》』にしてたんだけど、最近《さいきん》は、カフェっていうのが流行《はや》りだろう？　カエルなのはあたしらがカエルだからじゃないよ。街《まち》で見張《みは》りをがんばってくれてる仲間《なかま》たちが、『帰る』場所にしたくてね……ククク」

（ダジャレ……!?）

きょろきょろしながら看板《かんばん》のそばに自転車をとめていると、お店の中から言いあらそっている声がした。食器《しょっき》が割《わ》れる音や、何かが倒《たお》れる音もする。

だれかがケンカしている。

浮葉《うきは》さんが、勢《いきお》いよく店へ入っていった。

「あんたら、たった三十分も店番できないのかい!?」

でも、またすぐに顔を出して、ぼくにはすごくやさしい声で言った。

「直紀《なおき》ちゃんは、ちょっと待っててね」

ぼくは運んだペットボトルを外のイスの上に置《お》いて、入り口から中の様子をうかがった。

一階は、半分地下になっていた。入り口から短い階段《かいだん》で下りていくようになっていて、ちょっと洞《どう》くつっぽい。「鯖《さば》の皮」よりはせまいけど、カウンター席《せき》もあって、壁際《かべぎわ》にふたり掛《が》けのテーブル席《せき》がいくつかある。

6
カエルカフェ

「ケンカなら、表でやっとくれ！」

浮葉《うきは》さんに怒《おこ》られて、中から男の人がふたり出てきた……、と思ったら、それは、二足歩行する大きなカエルだった。

おどろいてあとずさったら、ぬかるんだ庭の土の中に、くつが半分くらい沈《しず》んでしまった。

子どもの取っ組み合いみたいだけど、声は大人の男の人だ。

（こういうカエル人間が出てくる絵、見たことある……）

たしか、鳥獣戯画《ちょうじゅうぎが》っていう昔の巻物《まきもの》の絵だ。

その絵のカエルたちは、裸《はだか》だったけど、この人たちは服を着ている。

つかみ合っていたふたりは、ぼくの存在《そんざい》に気づくとあわてて人間の姿《すがた》になりはじめた。水野《みずの》さんが猫人間《ねこにんげん》から人間になるのと同じで、三秒くらいかかった。

その三秒の間、ぼくらはだまっておたがいに見つめ合っていた。

しばらくして、片方《かたほう》が、ぽつりと言った。

「浮葉《うきは》姉さん……、人間の子がいるよ……」

店の奥《おく》から浮葉《うきは》さんの声がした。

「あたしが招《まね》いたんだ！　前に少し話してただろう、外で溝《みぞ》に落ちた仲間《なかま》を助けてくれてた子だよ。今日は親切に水を運んでくれたし、あんたたちよりよっぽどたよりになる！」

片方《かたほう》の人が、ぐっとかがみこんで顔を近づけてきた。

「でも、こいつ猫《ねこ》くさいよ？」

ぎくっとしたまま固《かた》まっていると、浮葉《うきは》さんが店の奥《おく》からさらにさけんだ。

「その子のほっぺたに傷《きず》があるだろ！　化《ば》け猫《ねこ》にひっかかれた傷《きず》だ。その傷《きず》のせいで猫《ねこ》のにおいがするんだ。猫《ねこ》くさいなんて失礼《しつれい》なこと二度と言うんじゃないよ！」

「化《ば》け猫《ねこ》にひっかかれた？」

「本当か？」

ふたりがそろって、息がかかるほど顔を近づけてくる。

「なあ、その化《ば》け猫《ねこ》、しっぽは何本だった」

「えーと、六本でした」

ふたりの顔が、さあっと青くなった。

「それって、六幻《ろくげん》じゃん……」

「昔話でしか聞いたことなかったけど、復活《ふっかつ》したのか……」

急におびえだすので、ぼくのほうがあせってきた。

6
カエルカフェ

(六幻《ろくげん》ってそんなに有名な化《ば》け猫《ねこ》なの?)

六幻《ろくげん》のことを話しているのに、何も知らないふりをしてるのはうしろめたい。

「あの、ぼく、もう帰ります……」

お店に背《せ》を向けてレンガの小道を歩いていると、浮葉《うきは》さんがあわてて飛《と》び出してきた。

「待って待って、ちゃんとお礼をしなくちゃ! 今、甘《あま》いコケ茶の用意をしてるのよ。おいしいオケラクッキーもあるし」

(オケラクッキー……、オケラって虫のこと? それよりもぼく、鏡池《かがみいけ》の「化け魚」の話を聞かなきゃ。でも、これ以上《いじょう》、このカエルの人たちに六幻《ろくげん》のことを聞かれたら困《こま》るし……)

頭の中でぐるぐる考えた末《すえ》に、ぼくは言った。

「あの……、よかったら、ぼく、明日も水運びを手伝《てつだ》いにきます」

浮葉《うきは》さんとカエルの人たちが、二本の柳《やなぎ》の木のところで手をふってくれて、ぼくは何度もおじぎしながらお店をあとにした。

でも、雑木林《ぞうきばやし》をぬけてひとりになったとたん、胸《むね》がもやもやしてきた。

自転車をこいで、お堀《ほり》の橋を渡《わた》るころには、自分が浮葉《うきは》さんをだましてるんじゃないかって気がしてきた。

たぶん、ぼくは今、カエルと同じ、化《ば》け猫《ねこ》の被害者《ひがいしゃ》だって思われている。頬《ほお》にひっかかれた傷《きず》があるし、化《ば》け猫《ねこ》と仲良《なかよ》くしてることを、ぼくは説明《せつめい》しなかったから。

（ぼく……、化け魚の話が聞きたくて、話さなかったんだ）

それなのに浮葉《うきは》さんは、ぼくを信用《しんよう》して仲間《なかま》にしてくれようとしている。

ぼくの頬《ほお》の傷《きず》をさわった時、浮葉《うきは》さんは涙《なみだ》ぐんでいた。きっと、猫《ねこ》に食べられちゃった仲間《なかま》だっているんだ。


おじさんちにもどると、おじさんはちゃぶ台に原稿《げんこう》用紙を広げてうなっていた。ちゃんと、小論文《しょうろんぶん》を書く練習をしているみたいだ。

「おじさん……」

庭から声をかけると、おじさんはすわったまま飛《と》び上がりそうになった。

「びっくりした！　なんだ、直紀《なおき》か」

シロが縁側《えんがわ》へ来て、にゃー、と鳴いた。

（おじさんに相談したい。だけど、ひみつは守らなきゃ……）

6

カエルカフェ

ぼくがシロの頭をなでていると、おじさんが立ち上がった。

「そろそろ、昼メシにするか」

「うん……」

少し遅《おく》れて台所に行くと、おじさんはもう大きな鍋《なべ》でお湯をわかしはじめていた。

お湯がぐらぐらわきだすまで、けっこうかかる。テーブルの前にぼうっと立っていたら、おじさんが冷凍庫《れいとうこ》からうどんを三袋《ふくろ》取り出した。

「ぼく、あんまりおなかすいてないんだ」

ため息をついて言うと、おじさんはだまって一袋《ふくろ》を冷凍庫《れいとうこ》にもどした。

「あっ、あちち、あち」

うどんがゆであがると、おじさんが菜《さい》ばしを使って、めんだけをどんぶりに入れる。熱湯《ねっとう》がはねたりして、けっこう危《あぶ》ない。熱々《あつあつ》のうどんにぼくがすばやく生卵《なまたまご》を割《わ》って落とし、おじさんがねぎと天かすをトッピングする。

食べる直前に、しょう油をかけてかきまぜれば、釜玉《かまたま》うどんの完成《かんせい》だ。

台所よりも座敷《ざしき》のほうがすずしいから、それぞれのどんぶりとお箸《はし》を持って移動《いどう》する。

ちゃぶ台の上のものを畳《たたみ》の上へよけると、おじさんが紙を二枚《まい》しいた。

「この紙の上で食べよう。しょう油と卵《たまご》が飛《と》び散《ち》る」

「うん」

食欲《しょくよく》がなくても、釜玉《かまたま》うどんはおいしかった。

「おじさん……」

ぼくは食べながら聞いた。

「ん？」

「ぼくらって、化《ば》け猫《ねこ》の仲間《なかま》なのかな」

「は、仲間《なかま》？」

「えーと……」

しばらく考えて、こう聞いてみた。

「たとえばだよ、今、『化《ば》け猫《ねこ》』と『化《ば》け鼠《ねずみ》』が戦《たたか》いを始めたら、ぼくらって『化《ば》け鼠《ねずみ》』から見ると、敵《てき》になるのかな」

おじさんはますます「？」という顔になった。

どうしてぼくがそんなことを聞いてくるのか、探《さぐ》るように見てくる。それでもぼくがだまっていると、腕《うで》を組んで真剣《しんけん》に考えてくれた。

6

カエルカフェ

「『化《ば》け猫《ねこ》』と『化《ば》け鼠《ねずみ》』が戦《たたか》った時の、オレたちの立場《たちば》ねえ……、うーん」

しばらく目を閉《と》じてうなったあと、おじさんは言った。

「たしかに、オレたちは化《ば》け猫《ねこ》と関係《かんけい》が深い。だけど、化《ば》け猫《ねこ》の仲間《なかま》ってわけじゃないと思うぞ。だって、オレらは鼠《ねずみ》と戦《たたか》う気なんかないし」

「でも……、化《ば》け鼠《ねずみ》はそう思ってくれないかも。『化《ば》け猫《ねこ》の仲間《なかま》なんて信用《しんよう》できない』って思われるかも」

するとおじさんは、急に眉《まゆ》をひそめた。

そして、なんだかぼくを心配するように言ってきた。

「直紀《なおき》、信用《しんよう》できないって言われたら、それはしかたがないことだ。それより、ちゃんと正直でいろ。信用《しんよう》されるために、うそをついたり、人をだますようなまねはするな」

おじさんの言葉はものすごく胸《むね》に刺《さ》さったし、納得《なっとく》できた。

次の日、ぼくはまた自転車に乗って城跡《しろあと》へ向かった。

浮葉《うきは》さんに、ぜんぶ話してあやまるって、決めていた。

おじさんとぼくが化《ば》け猫《ねこ》と友だちで、ふしぎな庭を任《まか》されてること、その庭に魚の姿《すがた》になる者が現《あらわ》れたことも話して、「鏡池《かがみいけ》の『化け魚』の話を聞かせてほしい」って、ちゃんとお願《ねが》いしようと思った。

風が吹《ふ》いてるのに、空気がもわっとしてむし暑かった。

少し雨がぱらついてるけど、かさを差《さ》すほどでもない。

(ずいぶん長い話になっちゃうと思うけど、浮葉《うきは》さん、最後《さいご》まで聞いてくれるかな。途中《とちゅう》で怒《おこ》って、カエルの呪《のろ》いとかかけられたらどうしよう。でも、きのうのぼくは正直じゃなかったから……、呪《のろ》われても仕方ないのかも)

雑木林《ぞうきばやし》の中へ入り、二本の柳《やなぎ》の木の前に行くと、カエルカフェへ続《つづ》く道が見えていた。

覚悟《かくご》を決めて柳《やなぎ》の枝《えだ》をくぐると、すぐにだれかの話し声や食器《しょっき》の音が聞こえてきた。

見えてきたお店は、きのうとはぜんぜん様子がちがった。

お客さんがいっぱいで、外のテーブルまで満席《まんせき》だった。お祭《まつり》みたいに大盛況《だいせいきょう》だ。

忙《いそが》しそうにお茶を運んでいる浮葉《うきは》さんがぼくに気づいた。

「ああ、直紀《なおき》ちゃん！　待ってたのよ！　すまないけど、そこのペットボトルに水をくんできてくれる？」

お店の壁《かべ》ぎわに、空のペットボトルが用意されていた。今日は四本じゃなくて、八

6
カエルカフェ

本だった。きのう使っていたリュックと手さげも置《お》かれている。

（この様子じゃ、今日、浮葉《うきは》さんに話を聞いてもらうのは無理《むり》かもなあ……）

にぎやかなお店を見てぼうっと立っていると、浮葉《うきは》さんが早口で言ってきた。

「たくさんで悪いんだけど、ひとりで運べるかい？」

「は、はい、それは……、大丈夫《だいじょうぶ》です。運べます」

ぼくは三回に分けて、無理《むり》せずゆっくり運ぶことにした。

カエルの人たちは、人間の子どもがいることにおどろいていたけど、すぐにだれかが、「浮葉《うきは》さんが招《まね》いた子だよ」って説明《せつめい》してくれていた。

お店に来るカエルの人たちは、首から社員証《しゃいんしょう》をぶら下げている人もいたし、出張《しゅっちょう》帰りなのかスーツ姿《すがた》で大きなキャリーバッグを引いている人もいた。

それがみんな、お店の庭に入ったとたん、化け方がゆるゆるのカエル人間になる。

またたれかがケンカしてるけど、浮葉《うきは》さんもほかの人もあまり気にしていないみたいだ。

水を運び終わると、浮葉《うきは》さんがお店から飛《と》び出してきた。

「悪いね。もっとひまな時なら、コケ茶をごちそうするんだけど。今日はお礼にこれを渡《わた》しとくよ」

そう言って大きながま口の財布《さいふ》から、五百円玉のようなものを取り出した。

「これは『コケコイン』だよ。あたしらはお金として使っている。これ一個《こ》で、うちではコケ茶が一杯《ぱい》飲める」

「わ、ほんとにコケが生えてる」

受け取ると、浮葉《うきは》さんはぼくの手をぐっとつかんできた。

「直紀《なおき》ちゃん、できれば今週ずっと、店に来てくれないかい？　しばらく雨が続《つづ》くと思うんだ。雨が降《ふ》って湿《しめ》った緑や土のにおいをかぐとさ、みんなこの水辺《みずべ》が恋《こい》しくなるみたいで、大勢《おおぜい》帰ってくるんだよ」

「え、は……、はい。ぼくでよかったら」

「よかった！　じゃ、明日からもお願《ねが》いね！」

浮葉《うきは》さんはうれしそうにほほえむと、ばたばたとお店の中へもどっていった。

浮葉《うきは》さんが言った通り、次の日も、その次の日も、カエルカフェは大盛況《だいせいきょう》だった。

近づいてきた台風の影響《えいきょう》で、生ぬるい風が吹《ふ》いて、雨が強く降《ふ》ったり、急にやんだりしていた。

雨が降《ふ》っても、お店は外テーブルのほうが人気だった。

6
カエルカフェ

カエルの人たちは、くつろいだカエル人間の姿《すがた》になってお茶を飲んでいた。かさを差《さ》してる人もいるし、ずぶぬれの人もいる。お茶のカップに、ぴちゃぴちゃ雨粒《あまつぶ》が入っているのに、みんな歌までうたってごきげんだった。

浮葉《うきは》さんは休むことなく、くるくると動き回っていた。

お茶や軽食を作りながら、帰ってきたカエルの人たちの報告《ほうこく》を聞いたり、相談にのったりもしている。

ぼくは、外テーブルにコケ茶を運んだり、食器《しょっき》を片《かた》づけたりもした。

手伝《てつだ》っていると、カエルの人たちの話が少しずつ耳に入ってきた。

カエルの人たちはたいてい陽気に笑《わら》ってたけど、時々《ときどき》、泣《な》きながら抱《だ》き合ったり、ハンカチを貸《か》し合ったりしていた。それは、亡《な》くなった「主様《ぬしさま》」のことを話している時だった。

(主様《ぬしさま》って、浮葉《うきは》さんも鏡池《かがみいけ》で会った時に少し話してた……)

主様《ぬしさま》のことで、ちょっとずつだけどわかったのはこんな感じだ。
・浮葉《うきは》さんが焼《や》くオケラクッキーが大好《だいす》きだった。
・この水辺《みずべ》をなわばりにしていて、危《あぶ》ない化《ば》け猫《ねこ》や化け鳥を追い払《はら》ってくれていた。

・お城《しろ》の水をいつでも出せて、お店でだれかのコップが空になると、すぐに水をいっぱいにしてくれた。
・人間社会のことをよく知っていたから、みんな日常《にちじょう》生活や勤《つと》め先での困《こま》りごとを相談していた。
・すぐそばのお堀《ほり》の底《そこ》に住んでいたけど、カエルカフェへは歩いてくるのではなくて、お店の水瓶《みずがめ》から出てきていた。

「水瓶《みずがめ》から出てきていた」って聞こえた時は、びっくりしてお盆《ぼん》にのせてたカップを落としそうになった。

お店の入り口には、大きな白い陶器《とうき》がある。ぼくはてっきりかさ立てかと思っていたけど、その水瓶《みずがめ》から主様《ぬしさま》が出てきていたらしい。そういえば雨の日なのに、だれもそこにかさを入れていない。

カエルの人たちはその陶器《とうき》をながめながら、主様《ぬしさま》のことを話して悲しんでいた。

(おじさんちの庭に出てきた透《す》けてる人って、もしかして「主様《ぬしさま》」?　だけど、もう亡《な》くなってるなら、ちがうのかな……)

ぼくは、思わずその人たちの話に割《わ》りこんだ。

6

カエルカフェ

「あの、その『主様《ぬしさま》』って、魚の姿《すがた》になったりしました？」

カエルの人たちはきょとんとした顔で言った。

「いや、主様《ぬしさま》は元は化けガメだったって聞いてるよ」

「カメ……？」

「カメにはなれたかもしれないけど、魚にはならなかったんじゃない？」

「あたしらの前では、ずっと人の姿《すがた》だったからね」

「人の姿《すがた》っていっても透《す》けててね、光が当たるときらきらしてた」

「す、透《す》けてたんですか？」

びっくりして聞き返すと、カエルの人たちはていねいに教えてくれた。

「そうだよ。服も体も透《す》けてた。だけど、何度も会ってると、なぜかだんだんはっきり見えるようになるんだよ。ちゃんと見ると服なんか、おしゃれな亀甲文様《きっこうもんよう》だった。六角形が組み合わさっててさ」

「主様《ぬしさま》が魚になれたかどうか、浮葉《うきは》さんに聞いてごらん。毎日お店に来ていたし、あの人がいちばん長いつき合いだから」

「あ、……はい。聞いてみます。ありがとうございます」

ぼくはお礼を言って、開いている窓《まど》からお店の中をのぞいた。

浮葉《うきは》さんはテーブルを片《かた》づけながら、だれかを怒鳴《どな》っていた。そのあとも、忙《いそが》しくオケラクッキーの生地《きじ》をこねたり、だれかの話を聞いていたりしていた。

主様《ぬしさま》や化け魚の話を聞くどころか、ぼくはまだ、自分のことも話せていなかった。

正直にぜんぶ話すって決めていたのに、お店に行けば行くほど、どんどん言いだしにくくなっていた。

水運びを手伝《てつだ》うと、浮葉《うきは》さんはすごくよろこんでくれるし、お店のカエルの人たちも、ぼくに声をかけてくれるようになった。

そうしているうちに、「話すのは明日にしよう」って、つい、先のばしにしてしまっていた。先のばしっていうか……、このまま話さないでだまっておきたいなって、少し思っていた。

水面の近くでぼんやりしていると、頭の中に人の顔が浮《う》かんできた。
前に、鏡池《かがみいけ》にいた時と同じだ。
だれかの思い出が、なぜか自分が見たことのように浮《う》かんでくる。
ならんで見た桜《さくら》の木、
いっしょに囲《かこ》んだ食卓《しょくたく》。
思い出の最後《さいご》は、
胸《むね》が苦しくなるような、悲しい別《わか》れだった。

それでも、わたしはうらやましかった。

悲しみが大きいのは、その人と強くつながれていたからだ。

「わたしも……」

思わず願《ねが》った。

「だれかと……、つながりたい」

すると、わたしの体はもう一度、魚から人の姿《すがた》に変《か》わった。

7 イカサマの手伝《てつだ》い？

カエルカフェへ手伝《てつだ》いに通いだして、一週間が過《す》ぎた。

その日は、朝から雲ひとつなく晴れていて、すごく暑くなりそうだった。ぼくは縁《えん》側《がわ》でくつをはきながら、おじさんに声をかけた。

「今日もちょっと出かけてくるね」

「おう」

座敷《ざしき》にいるおじさんは、こっちも見ずに片手《かたて》をちょっと上げた。

あれこれ聞いてこないから助かるけど、ぼくが何かかくしてることはわかってると思う。
二、三日前、おじさんは一度だけ聞いてきたんだ。
朝ごはんを食べ終わって、ぼくが軒下《のきした》で出かける支度《したく》をしていたら、縁側《えんがわ》に仁王《におう》立ちになって言ってきた。

7
イカサマの手伝い？

「直紀《なおき》、おまえ何か危《あぶ》ないことしてるんじゃないんだろうな」

おじさんがそう聞くのも当然《とうぜん》だった。

その日は強めに雨が降《ふ》っていたのに、ぼくはカッパを着て、自転車に乗って出かけようとしていたんだから。

しばらく考えて、ぼくは答えた。

「危《あぶ》なくはない、と思う」

「ふーん……」

おじさんは縁側《えんがわ》にしゃがむと、首をかしげたまま、ぼくを見てきた。

ぼくはおじさんにじっと見られたまま、完《かん》ぺきな言いわけをしなきゃいけなかった。

「えーと、今、お城《しろ》のお堀《ほり》でハスの花がきれいに咲《さ》いてるから、雨の日も見たいんだよね。ハスは午前中に花が開くんだよ」

ぼくはカエルカフェへ行く途中《とちゅう》、いつもお堀《ほり》の橋の上で少しだけ自転車から降《お》りて、咲《さ》いているハスの花を観察《かんさつ》していた。だから、うそじゃない。

「ああ～、直紀《なおき》はそういうの好《す》きだよな」

おじさんも納得《なっとく》してくれて、いったん座敷《ざしき》へもどっていった。

でも、ぼくがカッパのボタンをとめていると、もう一度やってきて言った。

「ハスの花を見るのに夢中《むちゅう》になって、お堀《ほり》に落ちたりすんなよ。人気《ひとけ》があまりない場所にも行くな。あと、自転車も雨の日は危《あぶ》ないぞ」

「気をつける。お昼までにはちゃんと帰るよ」

そういう約束《やくそく》になっていた。


おじさんとの約束《やくそく》を思い出しながら、ぼくは自転車を押《お》して、神社の裏《うら》の雑木林《ぞうきばやし》へ入った。

二本の柳《やなぎ》の間をぬけると、いつもとちがって静《しず》かだった。

話し声もしないし、食器《しょっき》の音もしない。

(今日は晴れたから、お客さんが少ないのかな……)

見えてきた外のテーブル席《せき》に、浮葉《うきは》さんがひとりですわっていた。

奥《おく》のお店を見ると、カエルの人たちが雨の日と同じくらい大勢《おおぜい》いた。みんな店の入り口や窓《まど》に集まって、中をのぞいている。

「浮葉《うきは》さん」

声が聞こえたはずなのに、浮葉《うきは》さんはうつむいたままだ。苦しそうにため息をついている。

7
イカサマの手伝い?

「どうしたの、大丈夫《だいじょうぶ》ですか?」

「ああ、直紀《なおき》ちゃん、今、化けヘビが来ちまってて……」

「化けヘビ……?」

自転車をとめてお店へ近づくと、浮葉《うきは》さんもふらふらしながらぼくについてきた。

「この店はもう終わりだね。主様《ぬしさま》がいる時には、化けヘビなんか一度も来なかった。何が来たって主様《ぬしさま》なら簡単《かんたん》に追い払《はら》えるから、寄《よ》ってこなかったんだよ。だけど……、主様《ぬしさま》が亡《な》くなったことがばれちまったんだねえ」

窓《まど》に集まっているカエルの人たちのすきまから、ぼくものぞいてみた。

お店の一階は、入り口より階段《かいだん》五段《だん》ぶんほど低《ひく》くなっているから、窓《まど》からのぞくと、店内を見下ろせる。

壁《かべ》ぎわのテーブル席《せき》に、眼鏡《めがね》のカエルのお兄さんと、上品そうな灰色《はいいろ》のスーツを着た白髪《しらが》のおじいさんがすわっている。

店の中には、ほかに人はいない。

(あのおじいさんが、化けヘビってこと?)

おじいさんはこっちに背《せ》を向けているから、白髪《しらが》の頭と肩《かた》しか見えない。しゅっと背筋《せすじ》をのばしてすわった姿勢《しせい》のよさが、ヘビっぽい気もする。

浮葉《うきは》さんが、うしろからぼくの腕《うで》をつかんできた。

「直紀《なおき》ちゃん、あいつと目を合わせないように気をつけるんだよ。化けヘビは邪眼《じゃがん》を使うから」

「邪眼《じゃがん》？」

「化けヘビの得意《とくい》な妖術《ようじゅつ》さ。目が合うと一瞬《いっしゅん》で体を操《あやつ》られちまう」

「気をつけます」

用心しつつのぞくと、テーブルの上には、紙とペンが置《お》いてあった。

カエルのお兄さんが、ふるえる手で紙に何か書き、それをおじいさんに見せた。

紙には、「**海月**」と書かれていた。

「カイゲツ？」

わけがわからなくて見守っていると、化けヘビのおじいさんが、真面目《まじめ》な声で読みあげた。

「ク、ラ、ゲ」

お兄さんが、がっくりと肩《かた》を落とす。

窓《まど》からのぞいているカエルの人たちもため息をつく。

「えっ、漢字クイズしてるの？」

7
イカサマの手伝い？

びっくりしていると、そばにいるカエルの人たちがひそひそ声で教えてくれた。

「さっきまでは英単語《えいたんご》だった」

「あのヘビが提案《ていあん》してきたんだ。出された言葉を読めなかったり、新しく問題を思いつかなければ、そこで負けだ」

「勝負だなんていって、ヘビのほうは遊んでるんだよ」

うしろ姿《すがた》しか見えないけど、言われてみるとおじいさんはリラックスしてる感じだった。壁《かべ》にかざられた絵や、小さい植物の鉢《はち》をめずらしげに見ている。

浮葉《うきは》さんは悲しそうに首をふった。

「こういうのは呪《のろ》いみたいなもんで、勝負なんか腕相撲《うでずもう》でも、コインの裏表《うらおもて》を当てるゲームでも、なんでもいいんだ。勝負して負けるってことで、契約《けいやく》が成立《せいりつ》しちまう。ヘビが負ければ、二度とここへ入ってこない。あの子が負けたら……」

「た、食べられちゃうの？」

「あのヘビの家で働《はたら》くって約束《やくそく》させられたんだ。ヘビはあたしらを食《く》うだけじゃなくて、こき使うのも好《す》きなんだよ。いつでも食《く》えるようにおどしながらそばにおいてね。あの子はいちばんしっかりしているから、あたしの後継者《こうけいしゃ》にと考えていた子なのにさ」

店の中から、化けヘビのおじいさんの声が聞こえてきた。

「熱心《ねっしん》に本を読んでいたからおまえを選《えら》んだんだが、なかなかいい問題を出すじゃないか。だが、もうパスはなしだぞ。次の漢字が読めなかったら終わりだ」

「わ、わかっている」

カエルのお兄さんは、真《ま》っ青《さお》を通り越《こ》して紙みたいに白い顔をしている。

おじいさんが、テーブルの上で紙に何か書いてお兄さんに差《さ》し出した。

「次はこれだ」

すごくきれいな字で「土筆」と書かれていた。

見たとたん、どきっとした。ぼくが読める漢字だったから。

漢字はぜんぜん得意《とくい》じゃないけど、ぼくは木と草に関《かん》する漢字はけっこう知っている。

外にいるカエルの人たちがひそひそと相談している。

「おい、だれか読めないのか？」

「あ、あの、ぼく……」

カエルの人たちがいっせいに見てきた。

「もしかして、読めるの？」

ぼくがうなずくよりも先に、ホワイトボードとペンをぐいっと押《お》しつけられた。

7

イカサマの手伝い？

「助けてやって、お願《ねが》い」

ホワイトボードは、浮葉《うきは》さんがメニューを書いて店の入り口にかけていたものだ。

「ぼくがこれに答えを書いて……、見せるってこと？」

カエルの人たちがあわてて、「しー！」と言ってきた。

（答えを書いたホワイトボードをこの窓《まど》から見せれば、あっちを向いてすわってるおじいさんには気づかれないかもしれないけど……）

なんだか、イヤな予感がしていた。

ペンを握《にぎ》ったままためらっていると、カエルの人たちが泣《な》きそうな顔で言ってきた。

「助けてやって。あの子が負けたら、死ぬまでヘビの家で働《はたら》かされちゃう。それに、ヘビが毎日、ここに来るようになる。あたしたちを連《つ》れ帰ったり、食《く》ったり、やりたい放題に荒《あ》らされちゃう」

「えっ、そんな……」

そんなことを聞かされたら手伝《てつだ》うしかない。

ぼくは、ホワイトボードに「ツクシ」と書いて渡《わた》した。

背《せ》の高いカエルの人がホワイトボードをかかげ、まわりの人たち全員が、必死《ひっし》にそれを指さした。

カエルのお兄さんは、飛《と》び出しそうなくらい目を見開いて「ツクシ！」と答えた。

「ほお、正解《せいかい》だ」

お兄さんが正解《せいかい》しても、おじいさんは余裕《よゆう》だった。

今度はカエルのお兄さんが問題を出す番だけど、うまく思いつかないらしい。

「ああ、もうダメだよ」

カエルの人たちが悲しそうに言うので、ぼくはホワイトボードに「百日紅」と書いた。おじさんちの庭で、今の時期、ピンク色の花をたくさん咲《さ》かせている木だ。

そのまま読むと、「ヒャクニチベニ」だけど、ぜんぜんちがう読み方をするから、初《はじ》めて知った時はおどろいた。きっと、むずかしいと思う。

だけど、おじいさんはすぐに「サルスベリ」と読んで、もう次の問題を書きだした。

「では、これは？」

紙には「**蒲公英**」と書かれていた。

カエルの人たちが「読めるなら教えてやって」と急《せ》かしてくる。

ぼくはまた、ホワイトボードにこっそり「**タンポポ**」と書いた。

お兄さんがそれを見て「タンポポ！」と答えた時だ。

ヘビのおじいさんが、突然《とつぜん》つぶやいた。

7
イカサマの手伝い？

「さっきから、どうもおかしいな」

（手伝《てつだ》ってることがばれた？）

ひやっとしたけど、おじいさんはこっちをふり向いたりはしなかった。そうじゃなくて、テーブルに置《お》いてあったコケ茶のカップを気にしている。

「ふん、魚が見ているな」

そう言って、問題を書いていた紙でカップにふたをした。

（魚？　今、魚って言った？）

「おまえが手伝《てつだ》いでもしたのか」

おじいさんは、カエルのお兄さんのカップにも同じように紙をのせた。

（どういうことだろう、今、カップの中に向かって話しかけてたけど……）

お兄さんは、次の問題が出せないらしく、ずっと頭を抱《かか》えている。

そのまま、五分くらい経《た》った。

「ふふっ、おまえの負けということで、決まりかな」

「いや、待ってくれ！」

お兄さんは、考えながら気絶《きぜつ》してしまいそうな様子だった。

（見てられない……）

ぼくはホワイトボードに「**風信子**」と書いた。

お兄さんがほっとしたようにそれを紙に書き写していると、おじいさんが首をひねった。

「それは『ヒヤシンス』だが……、ふん、魚が手伝《てつだ》ってるんじゃないのか」

おじいさんは腕《うで》を組んで、店の中をゆっくりと見回しはじめた。

「まずい、かくれて……！」

ぼくたちはおじいさんがこっちを向く前に、急いで頭をひっこめたり、窓《まど》からはなれたりした。

「では……、これはどうだ？」

おじいさんの声が聞こえて、ぼくらはまたこっそり窓《まど》から中をのぞいた。

問題の紙には、カタカナが横にならべて書いてあるようだった。窓《まど》からだとおじいさんの体のかげになってぜんぶが見えない。

「何だろう」

「端《はし》のほうが見えないね」

カエルの人たちが、窓《まど》からはなれて入り口のほうへ移動《いどう》しだした。入り口から少しだけ顔を中へ入れれば、テーブルの上の問題の端《はし》を見ることができそうだ。

7

イカサマの手伝い?

問題1

ぼくも、入り口へ移動《いどう》するカエルの人たちについていった。

そして、お店の入り口のところにみんなでかたまって、おじいさんの様子に気をつけながら静《しず》かにテーブルの問題をのぞいた。

紙に書かれている文字《もじ》は左から順《じゅん》に、ノ 十 山 シ T《ティー》 ムルという文字《もじ》に見えた。

でも、それにしてはゆがんでいるし、大きさもばらばらで読みにくい。

〈※ページをめくる前に、君も問題1の答えを考えてみてね。ヒントは――「鏡《かがみ》」〉

いっしょにいるカエルの人たち

も、ひそひそ言いながら首をひねっている。

「のじゅうやましティーむる？」

「ノと山は、足すんじゃないか？」

ぼくもぜんぜんわからない。

もう一歩、店の中に頭を突《つ》っこむと、壁《かべ》にかけられた大きな鏡《かがみ》が見えた。

その鏡《かがみ》は少し手前にかたむいていて、文字が左右反転して映《うつ》っている。それを見ていると、だんだんぜんぶの文字が別《べつ》の文字に見えてきた。

「あっ……！」

（すごい、このおじいさん、こんな暗号も作れるんだ）

ひらめいた勢《いきお》いで、ぼくは思わずホワイトボードに答えを書いてしまった。

それをカエルのお兄さんが読みあげた。

「え、ちょっと待て……？」

お兄さんが「ちょっと待て」と言ったんじゃなくて、この問題の答えなんだ。

おじいさんが紙に書いた文字は、鏡《かがみ》に映《うつ》してから反時計回りに九〇度回転させて見ると、「チョットマテ」になる。〈※左のイラストは、前のページの問題1が壁《かべ》の鏡《かがみ》に映《うつ》った様子だよ〉

7
イカサマの手伝い?

「ハハハッ、なるほど正解《せいかい》だ！　では、続《つづ》けて……」

おじいさんは、なんだかうれしそうだった。

上機嫌《じょうきげん》で新しい問題を書きはじめた。

そして、書き上げた紙をテーブルの中央へ押《お》しだした。〈※左ページの問題2のイラストを見てみよう〉

「さあ、これを読んでみろ！」

カエルの人たちがぼくの肩《かた》をゆすった。

「なあ、今度のもわかるか？」

「どうやったら読めるんだい？」

おじいさんの機嫌《きげん》のよさが不気味《ぶきみ》だった。でも、おじいさんはこっちに背《せ》を向けたまま、動く気配はない。

ぼくは店の中へ首をのばして、テーブルの上の問題を見た。

紙に書かれた文字は、今度は二段《だん》で、左から順に、**人　七　キ　ム　ツ　ル　人**
ラ　メと読めた。
そのままじゃわからないから、また鏡《かがみ》を見た。

さっきと同じように、だんだん別《べつ》の文字に見えてくる。

問題2

　答えがわかった時、背筋《せすじ》が凍《こお》った。

（まずい、きっとバレてる！）

　イスにすわっていたおじいさんが、静《しず》かに立ち上がった。

「教えてやろう。この答えは……」

〈※問題2のイラストの右上の角に、鏡《かがみ》を置《お》いてみよう。鏡《かがみ》に映《うつ》った文字が読めるかな？　次のページに答えが出てくるよ。ヘビのおじいさんのセリフに注目！〉

「みんな、下がって！」

　ぼくがカエルの人たちにさけんだのと同時に、おじいさんがくるっとふり向いた。

『イカサマ　シテイルナ』だ!!」

おじいさんと目が合ったとたん、全身が強くしびれて、手も足もまったく動かせなくなった。

「ううっ！」

おじいさんはうす笑《わら》いを浮《う》かべて、ふたつの目をあやしく金色に光らせながら、店の窓《まど》や入り口をさっと見渡《みわた》した。

ほかのカエルの人たちも、一斉《いっせい》に凍《こお》りついたように動かなくなった。

ぼくだけじゃなくて、みんなも動けなくされていた。

となりにいるカエルの人も、ホワイトボードを持ち上げたまま固《かた》まっている。そこには、ぼくが書いた「**チョットマテ**」が書かれたままだ。

「なるほど、人間の子か」

おじいさんはニヤリと笑《わら》うと、動けないぼくを光る目でさらに見てきた。

すると、ぼくの足は一歩、二歩と、前に踏《ふ》み出しはじめた。

体が勝手に動いて階段《かいだん》を下りていく。

（な、なんで？）

止まろうとしてもどうにもならない。そのまま、ぼくはおじいさんの前に立った。

7

イカサマの手伝い？

（ヘビは邪眼《じゃがん》で操《あやつ》るって、こういうことなんだ……）

おじいさんは長い足を組んでイスにすわっていた。

「おまえは契約《けいやく》のかかった神聖《しんせい》な勝負をじゃましたんだ。覚悟《かくご》はできているんだろうな」

たいへんなことになっているのに、全身が正座《せいざ》したあとの足みたいにしびれて、自分ではどうしても動かせないし、声を出すこともできない。

「うちで働《はたら》いてくれる若《わか》い者がほしいと思って来たんだ。別《べつ》にカエルじゃなくて、人間のおまえでもかまわない」

（ど、どうしよう……）

ぼくは、おじさんに行き先を話してない。

どこにあるのかもわからないヘビの家に連《つ》れていかれても、だれにも助けてもらえない。心臓《しんぞう》がすごくどきどきしてるのに、体がしびれてて思うように息が吸《す》えない。息が苦しくて気分も悪くなってきた。

ぼうっとして、そのまま意識《いしき》を失《うしな》いそうになった時、店に人が入ってきた気配がした。

（……だれ？）

7
イカサマの手伝い？

その人は、ぼくのすぐうしろに立った。

「なんだ、おまえは」

おじいさんの声が、いらだっている。

この人には、おじいさんの邪眼《じゃがん》が効《き》かないのかな。

「悪いが、じいさん、そいつはオレの『食《く》いかけ』なんだ」

どこかで聞いたことのある低《ひく》い声だった。

「そいつの顔に、傷《きず》があるだろう、オレが先に手をつけた獲物《えもの》だ。ゆずるわけにはいかない」

傷《きず》？　獲物《えもの》？

「さ、帰るぞ直紀《なおき》」

うしろから肩《かた》に手を置《お》かれた。

何かがほどけるように、たちまち体が動くようになった。

呼吸《こきゅう》も楽にできる。

ぼくは思いっきり空気を吸《す》いこんだ。

ふり向くと、知らない女の人が立っていた。白いシャツを着た、きれいな長い黒髪《くろかみ》の女の人だ。

（女の人の姿《すがた》だけど、この声って……、もしかして……）

ぼくの代わりに、ヘビのおじいさんが言った。

「おまえ……、六幻《ろくげん》だな」

ぼくは思わず、窓《まど》や入り口のそばでまだ固《かた》まっているカエルの人たちを見た。

みんな動けなくされたまま、店の中のぼくらをぎょっとした表情《ひょうじょう》で見ている。その中には浮葉《うきは》さんもいる。

「六幻《ろくげん》……」

よびかけると、六幻《ろくげん》はぼくを見て小さくうなずいた。

助けられてほっとしたのは一瞬《いっしゅん》だった。六幻《ろくげん》が、人に化けた姿《すがた》を初《はじ》めて見ておどろいたけど、それも一秒くらいだった。それよりなにより、ぼくと六幻《ろくげん》が知り合いだってことがばれてしまったことで、ぼくの頭はめちゃくちゃに混乱《こんらん》していた。

おじいさんが静《しず》かな声で続《つづ》けた。

「ずいぶん昔だが、街道《かいどう》の宿場町で一度会ったことがある。覚《おぼ》えているか」

すると、六幻《ろくげん》が大きくため息をついた。

ぼくの頭の上に息がかかる。

「オレは昔のくだらんことをいちいち覚《おぼ》えちゃいない。ただ、この子どもをかけてや

7
イカサマの手伝い？

り合うっていうなら、オレはおまえのような上品な勝負はしない。今すぐおまえを襲《おそ》って食《く》って、それで終わりだ」

「ごめんこうむる。わたしは暴力《ぼうりょく》は嫌《きら》いでね」

おじいさんはさっと階段《かいだん》を上がると、店から出ていった。

様子を見るために外に出ると、おじいさんはそのままレンガの道を足早に歩いて見えなくなった。

店のまわりにいたカエルの人たちもヘビの妖術《ようじゅつ》が解《と》けたのか、わっと動きだした。

みんな、ぼくと六幻《ろくげん》を見て大さわぎしている。つまずいたり転んだりしながら、散《ち》り散《ぢ》りに逃《に》げていく。

ヘビのおじいさんのことよりも、ずっと怖《こわ》がっている。ヘビと勝負をしていたお兄さんも、悲鳴をあげて店の外へ飛《と》び出していった。

逃《に》げていくカエルの人たちをぼうぜんと見ていたら、六幻《ろくげん》が急《せ》かしてきた。

「直紀《なおき》、もう行こう」

「あ、うん……」

浮葉《うきは》さんだけが、外のテーブルのところに残《のこ》っていた。

「六幻《ろくげん》、ちょっと待ってて」

ぼくは浮葉《うきは》さんのそばへかけよった。

「浮葉《うきは》さん、ごめんなさい……」

イスに腰《こし》かけた浮葉《うきは》さんは、体を丸くしてふるえていた。

「ほんとにごめんなさい。ぼく、傷《きず》のことちゃんと話してなくて。この傷《きず》をつけたのは六幻《ろくげん》なんだけど、今はもう仲良《なかよ》くなっていて……っていうか、でもぼくは、化《ば》け猫《ねこ》の仲間《なかま》ってわけじゃなくて……」

「直紀《なおき》ちゃん」

浮葉《うきは》さんは、ぼくの言葉をさえぎった。そして、つらそうに目をつむったまま、しぼり出すような声で言った。

「せっかく知り合えたけどお別《わか》れだよ。あたしたちは猫《ねこ》とはつき合えない。猫《ねこ》と関《かか》わりがある者ともつき合うのは無理《むり》だ。猫《ねこ》を好《す》きだとか嫌《きら》いだとか、そういう問題じゃないんだよ。あたしたちはカエル。カエルは猫《ねこ》に食《く》われる。逆《ぎゃく》はない。その関係《かんけい》は絶《ぜっ》対《たい》なんだ」

とめていた自転車を押《お》して、二本の柳《やなぎ》の下をくぐった。

雑木林《ぞうきばやし》の中の小道を、ぼくと六幻《ろくげん》はしばらく無言《むごん》で歩いた。

7
イカサマの手伝い？

「なんか悪かったな」

六幻《ろくげん》があやまってくるので、顔をあげた。

「おまえ、あそこのカエルたちと仲良《なかよ》くなってたんだろ」

「六幻《ろくげん》のせいじゃないよ。六幻《ろくげん》が来てくれなかったら、ぼく、今ごろヘビに連《つ》れていかれてるよ。助けてくれて本当にありがとう」

六幻《ろくげん》は返事をしなかった。

「ねえ、六幻《ろくげん》って人に化ける時は女の人なの？」

「この姿《すがた》は、小夜《さよ》だ」

「小夜《さよ》さん……」

ぼくは立ち止まって六幻《ろくげん》を見た。

物静《ものしず》かな感じの人だ。たぶん、母さんより若《わか》い。

「なんだよ……、化《ば》け猫《ねこ》ってのは、たいてい最後《さいご》の飼《か》い主《ぬし》に化けるもんだ」

「そうなんだ……。あ、それ、ぜんぶおじさんの服？」

白いシャツも黒のジーンズも、おじさんがしょっちゅう着ているものだ。スニーカーはサイズが合っていないのか、ぶかぶかだ。

「ああ、ちょっと借《か》りてきた」

ふたりでまた、だまったまま進んでいると、道の先の木陰《こかげ》から白い子猫《こねこ》が出てきた。

「あ、シロだ。どうしてこんなところに？」

自転車を押《お》して近づくと、六幻《ろくげん》が手をのばしてシロを抱《だ》き上げた。

「こいつに感謝《かんしゃ》しろよ。今朝、オレがひさびさにあの家にもどったら、シロが何度も鳴いて、ついてこいって。それでここへ連《つ》れてこられたんだから」

「そうだったんだ。シロ、ありがとう」

（シロが、千里眼《せんりがん》で見ていてくれてたってことだ。ぼくがこっそりカエルカフェに通ってたことも、シロはぜんぶ知っていたんだな）

「カエルのかくれ家なんて、ふつうは見つけることができないし、入れない。だけど、おまえにはオレがつけた目印《めじるし》があったからな」

「目印《めじるし》って、この傷《きず》のこと？」

「そう」

小夜《さよ》さんの顔で六幻《ろくげん》が、ぼくの右頬《みぎほお》の傷《きず》をちらっと見てくる。

「オレの正体がばれずに、おまえを連《つ》れて帰れたらよかったんだが、無理《むり》だったたな。一応《いちおう》、小夜《さよ》に化けてから踏《ふ》みこんだんだが、ヘビがばらしちまった」

「ううん、ぼくがカエルの人たちに、ちゃんと話してなかったのが悪いんだよ」

7
イカサマの手伝い？

広い砂利道《じゃりみち》に出たところで、シロが六幻《ろくげん》の腕《うで》からぱっと飛《と》び出した。

「おいっ、シロ」

どんどん先を走っていく。シロが向かった先は鏡池《かがみいけ》だった。

鏡池《かがみいけ》の前で止まると、シロは柵《さく》の下のすきまから、池をのぞくように顔を出した。

閉《と》じた目を、じっと水面のほうへ向けている。

「やっぱり、この池にいたっていう化け魚がおじさんちに出てきたのかな」

ぼくも池をのぞいた。透《す》き通った水の中には、化け魚らしいものもいないし、おじさんが話していた屋敷《やしき》や島も何も見えない。

だけど、夏でもひんやりしたこの池の感じは、おじさんちの庭に似《に》ている気がする。

「この池は今もあるんだな」

六幻《ろくげん》も池をのぞいてきた。

「昔から恐《おそ》ろしいほど霊気《れいき》をためこんだ池だった。そばで湧《わ》き出してる水に霊気《れいき》があるからだと思うが……。ところで、化け魚ってなんの話だ？」

ぼくは、六幻《ろくげん》におじさんとシロがツクバイに吸《す》いこまれた出来事《できごと》を話した。そのあとここで浮葉《うきは》さんに出会ったこと、鏡池《かがみいけ》の「化け魚」の話を聞きたくて、化《ば》け猫《ねこ》と仲《なか》良《よ》くしてることを話さないまま、カエルカフェに通っていたことも。

ふたたび人の姿《すがた》になったことにとまどいつつ、わたしはまた島へ上がった。
屋敷《やしき》にはやっぱり、だれもいない。

ひとりでぼんやりしていたら、水盤《すいばん》からさけび声が聞こえてきた。
水盤《すいばん》をのぞいてみると、カエルの店の中が映《うつ》っていた。
この店はしょっちゅう水盤《すいばん》に映《うつ》る。
さわぎを起こしているのは、スーツ姿《すがた》のおじいさんだ。
このおじいさんも、なぜかよく水盤《すいばん》に映《うつ》る。
人の姿《すがた》をしてるけど、化けヘビだ。

カエルの店にヘビが入るのは、よくない。
カエルたちは、ヘビを恐《おそ》れているから……。
あ、ヘビに気づかれた。カップにふたをされてしまったようだ。
何も見えなくなった。

8 花火と六幻《ろくげん》

おじさんちに着いて庭へ入ると、おじさんがくつ脱《ぬ》ぎ石のところで、サンダルに片《かた》足《あし》を突《つ》っこんだところだった。

手に財布《さいふ》を持っている。

たぶん、昼ごはんでも買いに出かけようとしていたんだろう。

そのポーズのまま、おじさんはぼくらを見て固《かた》まった。

(ぼくが知らない女の人と帰ってきたと思って、おどろいてるんだな)

ぼくは、急いで説明《せつめい》した。

「おじさん、この人、六幻《ろくげん》だよ」

「知ってる」

「え、そうなの？　この姿《すがた》は小夜《さよ》さんなんだって」

「それも、本人から聞いて知ってる」

「なんだ、六幻《ろくげん》が小夜《さよ》さんの姿《すがた》になっているのを、おじさんはもう見てるんだね」

「まあな」

六幻《ろくげん》はすました顔で答えると、肩《かた》にかかった長い髪《かみ》をさらりとうしろにはらった。

庭へ下りてきたおじさんは、なんだか怒《おこ》ってるみたいだった。

「……まあ聞けよ、直紀《なおき》。今朝、おまえが出ていったあとのことだ。一か月ぶりだっけ？　六幻《ろくげん》が帰ってきたからさ、オレはキャットフードのカリカリでも食《く》わせてやろう～って、思ったんだ」

おじさんは六幻《ろくげん》をぎろっと見ると、早口で続《つづ》けた。

「オレが、台所からカリカリの皿を持ってもどったら、シロといっしょにいなくなってて……。そのあと、すっごい勢《いきお》いで帰ってきたと思ったら、いきなり目の前で裸《はだか》の女の人になったんだぞ！　それで、『一臣《かずおみ》、服貸《か》してくれ！』って、オ……、オレがどれだけおどろいたか！」

六幻《ろくげん》は縁側《えんがわ》に腰《こし》かけると、そのままするーっと小さくなった。

着ていたおじさんの服が、ばさばさっと落ちる。かぶさったシャツからするりとぬけ出した六幻《ろくげん》は、すっかり黒猫《くろねこ》の姿《すがた》になっていた。

そして、小夜《さよ》さんの姿《すがた》だった時と同じ低《ひく》い声で言った。

8

花火と六幻

「悪いけど、これ、洗《あら》っといてくれ」

おじさんは、軒下《のきした》に転がった自分のスニーカーを拾いながら怒鳴《どな》った。

「服ぐらいいつでも貸《か》してやるから、人に化ける時は、先に着るものを準備《じゅんび》しといてくれ！」

「努力《どりょく》するよ」

六幻《ろくげん》は縁側《えんがわ》に横になると、前脚《まえあし》の先を丸めて顔をくいくいこすりはじめた。さっきまで人の姿《すがた》だったなんて、ぜんぜん思えなかった。

その夜、水野《みずの》さんがすき焼《や》きの材料《ざいりょう》を持ってやってきて、帰ってきた六幻《ろくげん》を歓迎《かんげい》する会をした。

ぼくもひさびさに、おじさんちに泊《と》まることになった。

座敷《ざしき》ですき焼《や》きをしたけど、食べたのはぼくとおじさんと水野《みずの》さんだけだった。

主役の六幻《ろくげん》はカリカリを食べて、シロは、味のしみた糸こんにゃくをちょっと食べていた。水野《みずの》さんは、花火を買ってきてくれたのに、やる前におなかいっぱいになって寝《ね》てしまった。

おじさんが台所でお鍋《なべ》を洗《あら》ってくれている間に、ぼくは六幻《ろくげん》と庭に出て、手持ち花火をやった。

ぱちぱちはじける花火を見ながら、ぼくの頭の中にはカエルカフェのことばかりが思い浮《う》かんだ。

六幻《ろくげん》には「今日のことは、おじさんと水野《みずの》さんにはだまっておいて」って、帰ってくる時にお願《ねが》いしていた。

おじさんと水野《みずの》さんに今日のことを話したら、あの雑木林《ぞうきばやし》の奥《おく》にカエルのお店があるって、知られてしまうことになる。

二本の柳《やなぎ》の先で見たことはだれにも話さないって、浮葉《うきは》さんと約束《やくそく》したんだ。六幻《ろくげん》とシロは知ってしまったけど、約束《やくそく》は守りたい。

燃《も》え終わった花火を持ったままぼうっとしていたら、六幻《ろくげん》が言ってきた。

「花火、もっとやれ。もっと景気《けいき》いいやつ」

太めの花火に火をつけると、しゅぼぼっとまぶしい光があたりを照《て》らした。

黒い六幻《ろくげん》の姿《すがた》がくっきり見えた。

ぼくは聞いてみた。

「六幻《ろくげん》がわざわざ人の姿《すがた》でやってきたのは、カエルの人たちをおどかさないためだったんだよね。それに、用事が終わったらすぐ出ていこうとしてた。カエルを食べたり

8
花火と六幻

もするのに、やさしいんだね」

六幻《ろくげん》は「そりゃあなあ」と言って話しはじめた。

「オレはカエルは食べるが、バカにはしてない。たまにもて遊ぶこともあるが、それも猫《ねこ》にとっては狩《か》りの練習みたいなもんなんだ。練習というか……、ぴょんぴょん跳《は》ねるようなものを見ると体が勝手に……、とにかく、猫《ねこ》にはそういう習性《しゅうせい》がある。花火、どんどんやれよ。派手《はで》に光るやつ」

「うん……」

ぼくがまた太い花火に火をつけると、六幻《ろくげん》はまぶしく光る花火に目を細めながら話した。

「昔、城《しろ》のあたりの水辺《みずべ》は、青嵐《せいらん》という名の化けガメのなわばりだったんだ。用もないのにウロウロしてると、水の中に引きずりこまれたりするから、オレも又吉《またきち》もあまり近づかないようにしていた。亡《な》くなった主様《ぬしさま》っていうのは、そいつのことかもな」

「どうなんだろう……」

もう、浮葉《うきは》さんに聞いてたしかめることもできない。

ため息をついて新しい花火に火をつけると、六幻《ろくげん》がまた話しだした。

「化けガエルってのは、水辺《みずべ》でしか生きられないんだ。妖力《ようりょく》を使って人の姿《すがた》になって、街中《まちなか》へ出ていくなんて、だいぶ無茶《むちゃ》なことだ。無理《むり》して妖力《ようりょく》を使い果《は》たせば、ただのカエルにもどって、すぐ死ぬことになるだろうな」

（みんな陽気で明るく見えたけど、いろいろあるんだな）

カエルカフェでくつろいでいたカエルの人たちが、ちがって見えてきた。

「そんなやつらが集まって、あそこの池や沼《ぬま》を自分たちで守ってるんだろう、尊敬《そんけい》するよ。オレも昔のなじみに会おうとしたんだが、住む場所がなくなって、消えたやつがずいぶんいた。ただなあ……」

六幻《ろくげん》は花火から目をそらして言った。

「今日、あの場にいたカエルたちは、みんなあのヘビのじいさんに食《く》われちまうかもな」

「えっ、どうして？」

「ヘビのじいさんが、オレから逃《に》げ出すところを見たからだよ。化《ば》け猫《ねこ》に追い払《はら》われたなんてうわさが広まるのは、あのじいさんには耐《た》えられないだろう。ヘビはプライドが高いからな。でも、見ていたやつらを全員消せば、何事もなかったことにできる」

あのおじいさんが大蛇《だいじゃ》みたいになって、笑《わら》いながらカエルの人たちを次々《つぎつぎ》とのみこむ様子が思い浮《う》かんで、ぼくはますます浮葉《うきは》さんたちのことが心配になった。

8
花火と六幻

翌朝《よくあさ》は、化《ば》け猫喫茶店《ねこきっさてん》「鯖《さば》の皮」で朝ごはんを食べることになった。

「昨晩《さくばん》、うっかり寝《ね》こんで泊《と》めていただいたお礼に、ごちそうします」

水野《みずの》さんにそう言われて、ぼくらは着替《きが》えて顔だけ洗《あら》ってついていった。

白黒の髪《かみ》をしたマスターが、やっぱり、フシュッ、とかわいいくしゃみみたいな音を出して迎《むか》えてくれた。

一言もしゃべらない人だけど、ぼくらを見る目はにこにこしているから、歓迎《かんげい》されてるんだと思う。ほかのお客さんは、みんな人の姿《すがた》をしているから、ふつうの喫茶店《きっさてん》にいる感じだ。

ただ、ぼくらの席《せき》では、水野《みずの》さんが猫人間《ねこにんげん》の姿《すがた》になっているし、六幻《ろくげん》とシロがテーブルの上で、ミルクをなめている。

水野《みずの》さんが「モーニングセット」をたのんだので、ぼくもおじさんもそれにした。焼《や》き鯖《さば》とキャベツのホットサンドに、スープとドリンクがつく。

「へえ、焼《や》き鯖《さば》サンドなんてめずらしいですねえ。マヨネーズのかかったキャベツと意外に合うんだなあ」

おじさんはひと口食べて、感心したように言った。

ぼくもかじってみて、想像以上《そうぞういじょう》のおいしさにびっくりした。鯖《さば》は骨《ほね》がちゃんと取ってあるし、身がふわふわで食べやすい。

「ところで、一臣《かずおみ》、おまえに相談なんだが」

ミルクをなめ終わった六幻《ろくげん》が話しだした。

ふた切れ目の焼《や》き鯖《さば》サンドにかじりつこうとしていたおじさんが、口を閉《と》じて六幻《ろくげん》を見返した。ふたりの間には、なんだか変《へん》な緊張感《きんちょうかん》がある。

「あの家に、オレも住まわせてくれないか」

おじさんの顔が、急にきょとんとなった。

「えっ、そんなこと、オレのほうがあとから家を借《か》りて住んでるんだし、改《あらた》めて言うようなことじゃ……」

「タダとは言わない、家賃《やちん》とカリカリ代ということで、毎月、おまえに五千円を払《はら》おうと思うんだがどうだ」

(えっ、五千円って、おじさんが水野《みずの》さんに払《はら》ってる家賃《やちん》と同じじゃん)

おじさんもおどろいたみたいで、ふしぎそうに聞き返した。

「五千円をどうやって稼《かせ》ぐんだ？　猫《ねこ》なのに」

水野《みずの》さんがむにゃっとした笑顔《えがお》で言ってきた。

8

花火と六幻

「またどこかで用心棒《ようじんぼう》をやる気でしょう。六幻《ろくげん》の名を出しただけでも逃《に》げていくやつは多いでしょうから、ずいぶん稼《かせ》げますよ」

「用心棒《ようじんぼう》って、何？」

ぼくが聞いた。

「依頼《いらい》を受けて、依頼者《いらいしゃ》の身を守るんだ。『化け』の世界は荒《あら》っぽいトラブルがけっこうある。すでに四万円ほど稼《かせ》いできた。あの家に送らせたから、そろそろ届《とど》くはずだ。猫《ねこ》の体じゃ金は運べないからな」

「四万円⁉」

ぼくとおじさんは同時に声をあげた。

水野《みずの》さんが、ふふっ、とたのしそうに笑《わら》った。

「用心棒《ようじんぼう》を雇《やと》う『化け』なら、それくらい払《はら》いますよ。まあ、六幻《ろくげん》がこれから落ち着いて生活できそうでよかったです」

それから、ちょっとしんみりしてつけくわえた。

「ほんとによかったですね。あの日で、終わりにならなくて……」

六幻《ろくげん》が、水野《みずの》さんに小さくうなずき返した。

ふたりを見ながら、ぼくとおじさんも何度もうなずいた。

しんとした座敷《ざしき》に、ひとりで寝転《ねころ》んでいた。
この屋敷《やしき》には屋根がないから、上のゆらめきがそのまま見える。
ずっとゆらいでいて、その先は見えない。
今夜は、ゆらぎの向こうに何か、明るく光るものがある。
あ……、ゆれが、おだやかになってきた。
ゆっくり、ゆっくり……。

ゆらぎが完全《かんぜん》に静《しず》まった時、突然視界《とつぜんしかい》が開けた。
思わず立ち上がった。
明るいもの、あれは満月《まんげつ》だ。
見なれた池の柵《さく》、そばの神社の森の影《かげ》。
ここは……、知らないどこかじゃない。
わたしがずっといた、鏡池《かがみいけ》の底《そこ》だ。

9 命づなをつけて

「浮葉《うきは》さんやカエルの人たち……、無事《ぶじ》かな。お店にヘビのおじいさんが来て、たいへんなことになっているかも」

様子を知りたくても、ぼくはもう浮葉《うきは》さんのお店へは行けない。

だけど、何もできないわけじゃないかもしれない。

ぼくは、この庭に出てきた「透《す》けてる人」が、「鏡池《かがみいけ》の化け魚」だって気がしていた。

六幻《ろくげん》も「神レベルの大物妖怪《ようかい》が一体消えると、代わりに新しい大物が生まれることはよくある」と教えてくれた。

もしそうなら、新しい大物に、「亡《な》くなった主様《ぬしさま》がやっていたように、カエルカフェのみんなを守って！」とたのみたい。

その大物がぼくの話を聞いて、助けてくれるようなものだったら……、だけど。

カエルカフェで六幻《ろくげん》に助けられてから、二日後。

ぼくは、お城《しろ》の水をペットボトルにくんできた。

そして、台所でお昼ごはんの支度《したく》をしていたおじさんに、声をかけた。

「今日、ツクバイに水を入れてみない？　もうお城《しろ》の水もくんできてるんだ」

おじさんはフライパンをにぎったまま、無言《むごん》でふり返った。

ぼくは続《つづ》けて言った。

「ほら、ツクバイに水を入れて、声をかけてみようって話してたでしょう、命づなつけて」

おじさんはコンロの火を止めて、疑《うたが》うような目でぼくを見た。

「どうしたんだよ急に」

「えーと、ほら……、今度は六幻《ろくげん》もいてくれるし」

「あんなに反対してたのに？」

「う、うん。おじさんも、しっかり気をつけてくれれば大丈夫《だいじょうぶ》かなって」

「ふーん……」

ひみつにしていることがあって、百パーセントばれてる。水野《みずの》さんが言っていた通りだ。ふしぎなものに関《かか》わると、話せないことがどんどん増《ふ》えていく。

9
命づなをつけて

何か言いたそうに、じっと見てくるおじさんを、がんばって見つめ返していると、廊下《ろうか》から六幻《ろくげん》が入ってきた。

「一臣《かずおみ》、あのツクバイにずっと土がかぶさってるのは、オレも気に食《く》わないんだ。妙《みょう》なのが出てきたらオレがどうにかしてやるから、やってみろよ」

おじさんは六幻《ろくげん》のことも、じっと見た。

シロが、にゃー、と鳴いてやってきた。

おじさんはシロを抱《だ》き上げると、ため息をついて言った。

「そうだな……、六幻《ろくげん》がそばにいてくれて……、直紀《なおき》もやっていいって言うなら。オレもあいつのことはずっと気になってたからな」

そして、「声かけ作戦《さくせん》」をやってみることに決まった。


ひさしぶりにツクバイに水が入った。

夏の空を映《うつ》した水面が、コケの庭の真ん中できらきら光った。

ぼくもおじさんも、ベルト通しにD《ディー》カンでロープをつけて、反対のロープの端《はし》を縁《えん》側《がわ》と座敷《ざしき》の間にある太い柱に結《むす》んだ。

六幻《ろくげん》が縁側《えんがわ》から言ってきた。

「それが『命づな』か、うまく考えたじゃないか。神レベルのやつ相手には、それくらい用心したほうがいい」

「そうか、これ、いいアイデアだったんだ」

おじさんは、ほめられてちょっとうれしそうだった。

ロープは、ツクバイに届《とど》かないくらい短めにした。長いと、中途半端《ちゅうとはんぱ》に引きこまれた時、水の通路の中で止まっておぼれるかもって、おじさんが気づいた。

シロは、さらわれないように、座敷《ざしき》の奥《おく》に置《お》いたケージの中へ入れた。

縁側《えんがわ》では六幻《ろくげん》が見守ってくれている。

すべての準備《じゅんび》を整えたおじさんは、少し我《われ》に返ったようだった。

「待て待て……、向こうとつながってるかどうかわからないのに、ツクバイに話しかけてたら、オレたち、まぬけじゃないか？」

「まあ、それはそうかもしれないけど……」

おじさんはひらめいたように、ぽんと、手を打った。

「先に実験《じっけん》しておこう」

「どうするの？」

「直紀《なおき》がオレに紙とペンを送ってくれただろ？　あれと同じことが今もできるか

9
命づなをつけて

やってみるんだ。小石かなんかを、ウロコを三枚《まい》くらいはりつけたビニール袋《ぶくろ》でくるんで入れてみて、ツクバイの中で消えたら、向こうとつながってるって確認《かくにん》できる」

「なるほど！」

おじさんは、縁側《えんがわ》にいろいろな材料《ざいりょう》を持ってきてならべたものの、「あ」と言って、また座敷《ざしき》へもどっていった。

「貴重《きちょう》なウロコを使うんだから、小石だけじゃないほうがいい。手紙もつけよう」

そして、ペンを持ってちゃぶ台の前にすわった。

「手紙って……、字なんて読めないかもしれないのに？」

「もしかしたら読めるかもしれないだろ。一応《いちおう》、ひらがなとカタカナだけで書くか」

ぼくも座敷《ざしき》へ上がって見ていると、おじさんは小論文《しょうろんぶん》用の原稿《げんこう》用紙に、すらすらっと手紙を書いた。

「ひとにもなるさかなへ

オレとシロのために、ウロコをおとしてくれて、ありがとう。

からだは、なおりましたか？

こっちへ、でてきてもいいです。

はなしも、してみたいです。

でも、オレたちを、そっちにひっぱりこむのは、やめてください。

よくわからない、ばしょへいくのは、こわいです。

かずおみ　」

「わかりやすくていいと思う！」

ぼくはおじさんの手紙を絶賛《ぜっさん》した。

「そうか？」

おじさんは照《て》れたように頭をかくと、手紙を小さくたたんでラップで巻《ま》いた。

さらにそれを小石といっしょに、ウロコを三枚《まい》はりつけたビニール袋《ぶくろ》でくるんだ。

「じゃあ、やってみるぞ」

「うん！」

ぼくらはまた庭へ出た。

「シロはケージ、六幻《ろくげん》は縁側《えんがわ》。直紀《なおき》もオレも、命づなをつけてる」

おじさんは、真剣《しんけん》な顔でひとつずつ指差《さ》して確認《かくにん》すると「ヨシッ」と気合いを入れて、手紙と小石をツクバイに投げ入れた。

9

命づなをつけて

ぽちゃん。

おにぎりみたいに丸めた手紙と小石は、ツクバイの底《そこ》に当たる前にふっと消えた。

同時にツクバイの水が増《ふ》えて、ぶわっとあふれた。

「直紀《なおき》、はなれてろ！」

「う、うん」

おじさんが急にぼくを押《お》してきて、ぼくはよろめきながらツクバイからあとずさった。

すぐに波紋《はもん》はおさまり、ツクバイの水面は静《しず》かになった。

ぼくは縁側《えんがわ》の六幻《ろくげん》をふり返った。

「今の見た？」

「なるほど、おもしろいな……」

六幻《ろくげん》は、いつの間にか体を低《ひく》くして身構《みがま》えていた。

おじさんは向こうとつながったのがうれしかったみたいで、すっかり笑顔《えがお》になっていた。

「おーい！　今、手紙入れたぞー、読めよー！」

「無事《ぶじ》かどうかだけでも、教えろー」

「シロも心配してるぞー」

おじさんがひとりでいろいろよびかけるので、ぼくもよびかけてみた。

「み、みんな……、心配してるよ……」

話したこともないし、聞いてるかどうかすらわからない相手に声をかけるのは、照《て》れくさいような、変《へん》な感じだった。


それから、ぼくとおじさんは毎日よびかけた。

でも、ツクバイからはなんの反応《はんのう》もない。だんだんじれったくなってきて、ぼくらは一日一回じゃなくて、午前と午後に時間を分けて水を入れてみることにした。

「もしかして、ウロコがうまく再生《さいせい》しなくて、あのままどうかなったんじゃ……」

おじさんは心配してたけど、六幻《ろくげん》は、「手紙と小石を入れた時、強力な霊気《れいき》が吹《ふ》き出してきてたから生きている」と言った。

「生きてるなら、どうして反応《はんのう》がないんだろう」

ぼくがそう聞くと、六幻《ろくげん》はちょっと考えて答えた。

「はずかしがってるんじゃないか？」

「え？」

9
命づなをつけて

「もしオレだったらはずかしくて、とても出ていけないよ。迷惑《めいわく》かけたのに、みんなに待ち構《かま》えられてるなんてさ、どんな顔して出てったらいいんだよ」

「あー、六幻《ろくげん》みたいなタイプだったら、そうなるのか！」

ぼくも、ちょっと困《こま》るかもしれない。おじさんは、すぐに出ていきそうな気がするけど……。

「あの人、今、魚なのかな、それとも、人の姿《すがた》になってるのかな」

「わからん。だけど、気はぬくなよ。襲《おそ》うタイミングを見計《みはか》っている可能性《かのうせい》だってある。水の『通路』ってのは、水辺《みずべ》にひそむ妖怪《ようかい》が獲物《えもの》を引きこんで、そのまま出られなくするのにも使うもんだから」

「うん、ちゃんと用心する」

なんの反応《はんのう》もない日が続《つづ》いたけど、少し気になることがあった。

おじさんは、ツクバイに水を入れる作業のあと、「もったいないから」と言って、残《のこ》ったお城《しろ》の水でコーヒーを作っていた。お城《しろ》の水は、毎日少ししか残《のこ》らないから、おじさんがコーヒーを作るのは一杯《ぱい》ぶんだけだ。

そのコーヒーを、シロがのぞくようになったんだ。

「どうした、シロ、コーヒーなめたいのか？　最近《さいきん》よくそうしてるな」

おじさんはふしぎそうに言っていたけど、ぼくは思い当たることがあった。

（そういえば、ヘビのおじいさんが勝負の時、魚がのぞいてるって言って、コケ茶のカップにふたをしていた……）

もしかしたら、お城《しろ》の水でいれたコーヒーでも、あの時みたいにこっちをのぞけるのかもしれない。

ぼくらの様子を見て、どう反応《はんのう》しようか考えてるなら、さわがずに、そっとしておいたほうがいいと思う。襲《おそ》おうとしてるんだったら、困《こま》るけど……。

少し不安に思いつつ、ぼくは何も気づいてないふりをすることにした。

10 あやしいつぼ

透《す》けてる人は、なかなか出てきてくれなかった。

六幻《ろくげん》からは「まあ、気長にやってみろ」って言われた。

そうして一週間ほど過《す》ぎたころ、いつものようにぼくがお城《しろ》の水をくんでいると、雑木林《ぞうきばやし》の小道のところに女の人が立っていた。ぼくを見つけて手招《てまね》きしている。

カエルカフェで見たことのあるカエルの人だった。

近づくと、その人は、ぼくの腕《うで》を両手でぎゅっとつかんできた。

「浮葉《うきは》さんが消えちゃったんだよ！」

「ええっ」

小道の奥《おく》には、別《べつ》のカエルの人たちもいた。

「食べかけの朝食が、テーブルに散乱《さんらん》してて」

「それで、変《へん》なつぼが置《お》いてあって」

カエルの人たちが、小道の先へとぐいぐい押《お》してくる。

ぼくは、カエルカフェへもう一度足を踏《ふ》み入れることになった。

外のテーブルに、食べかけのベーコンエッグとコケ茶があった。テーブルの下には、フォークと半分だけ食べたパンが転がっている。

テーブルの真ん中に、あやしい丸っこいつぼが置《お》かれていた。形も大きさも、ちょうどバレーボールくらいだ。上の部分に、三センチくらいの短い首がついていて、十円玉サイズの口の穴《あな》があいている。深い海みたいな紺色《こんいろ》で、下のほうには、筆で波のような白い線が描《か》かれていた。

「絶対《ぜったい》、あのヘビのじいさんが関《かか》わってる」

「ヘビの妖術《ようじゅつ》に対抗《たいこう》できるのは、六幻《ろくげん》しかいない」

カエルの人たちは恐《おそ》れながらも、六幻《ろくげん》にたよりたくて、ぼくが水をくみにくるのを待っていたらしい。

浮葉《うきは》さんはどこへ？　まさか、つぼの中……？

つぼのそばに風呂敷《ふろしき》が広げられていて、そこに、つぼがぴったり入るサイズの木箱が置《お》いてあった。

「この木箱に入ってたんだな」

10
あやしいつぼ

箱をのぞいて、はっとした。墨《すみ》で文字が書かれた、黄ばんだ古い紙が入っていたんだ。紙は、破《やぶ》られてふたつに分かれていた。

片方《かたほう》の文字は「**封**《ふう》」、もう片方《かたほう》は、「**魔**《ま》」だった。

「こ、このつぼ……、六幻《ろくげん》に見せてもいいですか？　浮葉《うきは》さんを見つける手がかりになるかもしれない」

「ぜひたのむよ！」

カエルの人たちはつぼを木箱に収《おさ》めて、風呂敷《ふろしき》で包《つつ》んでくれた。

ぼくはそれを、自転車のカゴに入れると、大急ぎでおじさんちへ向かった。


おじさんちに着くと、おじさんがひとりでしゃべっている声がしていた。

「シロ、どうした？」

心配そうに何度もよびかけている。ぼくが勝手口から庭へ入ってみると、おじさんはツクバイの前に立って、抱《だ》っこしたシロをあやすようにゆすっていた。

「お帰り、直紀《なおき》。今、ツクバイを洗《あら》い終わったんだけど、シロが急にうなりだしてさ。なあシロ、どうした？」

木箱を抱《かか》えたぼくがおじさんに近づくと、おじさんに抱《だ》かれているシロの目がパッと開いた。

「おじさん、シロの目！」

「シロ、あ、あれっ？　これって、ここに危険《きけん》なものが近づいてるってことだよな。もしかして、ツクバイからあいつが出てこようとしてるのか？　危険《きけん》なやつじゃないと思ってたんだが……」

「ちがう、きっと、これのせいだよ！」

ぼくは座敷《ざしき》にかけ上がって、木箱を包《つつ》んでいた風呂敷《ふろしき》を開いた。

大急ぎで箱からつぼを取り出す。

シロを抱《だ》っこしたまま、おじさんがうしろから見てくる。

「なんだか高そうなつぼだな、どっから持ってきたんだ？」

「話すと長くなるんだけど、えっと……、だれにも話さないって約束《やくそく》してて……」

おじさんが呆《あき》れたように言ってくる。

「おまえが、何かかくしてんのは前からバレバレなんだよ！　なんかやばいことになってきてるんだろ？」

「ごめんなさい！　でも、ほんとにいろいろ事情《じじょう》があって！」

しゃべってるうちに、開けた箱のふたにのせていた「**封**《ふう》」と「**魔**《ま》」の紙が、扇風機《せんぷうき》

10
あやしいつぼ

の風でひらひら飛《と》ばされ、畳《たたみ》の上をすべった。

おじさんが、二枚《まい》の紙を目で追いながら言う。

「おいおいおい、これって『**封魔札**《ふうまふだ》』ってやつじゃないか？　魔物《まもの》を封印《ふういん》するものだよな。こんな……、破《やぶ》れちゃってていいのか？」

「テープでくっつけてみるよ！」

「テープ……、そ、そうだな！」

おじさんが抱《だ》っこしていたシロを座敷《ざしき》に下ろして、テープを取りに机《つくえ》へ向かっている間に、つぼの表面にじわっと模様《もよう》が現《あらわ》れはじめた。

「え、なんだろう……」

金色の細い三日月のような形だった。

すると、つぼの中から、聞き覚《おぼ》えのある女の人の声が聞こえてきた。

「助けておくれー」

「浮葉《うきは》さん？」

「な、直紀《なおき》ちゃんかい？」

「うん！　ぼくだよ！　直紀《なおき》だよ！　浮葉《うきは》さんこの中にいるの!?」

思わずつぼをのぞきこむ。

「直紀《なおき》、そんなに近づくな！」

テープを取ってきたおじさんがぼくの肩《かた》をつかんで、ぐっと引きもどした。

目を見開いたシロは、つぼから一メートルほどはなれた畳《たたみ》の上で、毛を逆立《さかだ》てている。

欄間《らんま》の下にかけてある槍《やり》が、カタカタ動きはじめた。

（槍《やり》が……、槍《やり》もシロもこのつぼに反応《はんのう》してる。何か人に危害《きがい》を加《くわ》えるようなものが、このつぼの中にいるんだ……）

「おい、何か変《へん》なのが来てるだろ!?」

六幻《ろくげん》が庭からかけ上がってきてくれた。

「六幻《ろくげん》!!」

ものすごくほっとした。これ以上《いじょう》、たのもしい味方っていないと思う。

「六幻《ろくげん》、このつぼの中から、浮葉《うきは》さんの声が！」

「あのカエルのばあさんが？」

つぼを一目見た六幻《ろくげん》は、強い口調で言った。

「こ、これはやばい！　直紀《なおき》、おまえは今すぐ又吉《またきち》をよんでこい！」

「わかった！」

それで、ぼくはひとりで家をはなれた。

10

あやしいつぼ

勝手口を出る時、「カエルのばあさんって？」と、六幻《ろくげん》にたずねるおじさんの声が聞こえてきた。

事務所《じむしょ》にいた水野《みずの》さんは、すぐに外へ出てきてくれた。

「変《へん》なつぼに、知り合いのおばあさんが吸《す》いこまれた？　ツクバイじゃなくて？」

「うん、ツクバイじゃなくて、今度はつぼなんだ」

「あなたたち、ちょっと前からあのツクバイに水を入れて、庭に出てきたものに向かって声をかけてたでしょう？　それが出てきて、何かしたんじゃないんですか？」

「ううん、今回はちがう……、と思う……」

水野《みずの》さんにも浮葉《うきは》さんやカエルカフェのことを話せないから、説明《せつめい》の途中《とちゅう》で口ごもってしまった。

（非常事態《ひじょうじたい》なんだからもうぜんぶ話すべきなのかな。さっき、おじさんの前でも、うっかり浮葉《うきは》さんの名前を言っちゃったし）

どうしようか悩《なや》みながら、ぼくは水野《みずの》さんといっしょに急いで坂を上がり、勝手口から庭へ入った。

なぜかしん、としていた。

10
あやしいつぼ

「あれ？」

庭にも家の中にも、だれもいない。

ものすごくイヤな予感がして、ぼくは恐《おそ》る恐《おそ》る、みんなの名前をよんだ。

「おじさん……、シロ……、六幻《ろくげん》？」

返事はない。

ちゃぶ台の上に、つぼだけが残《のこ》されていた。槍《やり》は、欄間《らんま》の下にかかったまま動いていない。

「……」

水野《みずの》さんがするどい目つきで、あたりを見回しはじめた。

つぼを見ると、金色の三日月模様《もよう》が消えていた。

「水野《みずの》さん、変《へん》なつぼっていうのはこれなんだ。さっきまで細い金色の、三日月みたいな模様《もよう》が出てきてたんだよ。今はすっかり消えてるんだけど」

つぼに少し近づいたら、水野《みずの》さんにTシャツのすそをつかまれた。

「直紀《なおき》さん、それ以上《いじょう》近づいちゃダメです」

水野《みずの》さんは、ぼくのT《ティー》シャツをつかんだまま、庭のほうへ視線《しせん》をやった。

「このつぼは、明らかにあやしそうなものですが、例《れい》の透《す》けてるのが出てきて全員を水の中へ引きこんだという可能性《かのうせい》は？　ほんとにゼロですか？」

「うん。だって見て、ほら、今日はまだ水を入れてないんだよ」

ツクバイはさっきおじさんが洗《あら》ってくれたままで、空っぽだ。ペットボトルに入れてきたお城《しろ》の水は、縁側《えんがわ》に放り出してある。

「えーと、その……、さっき、ツクバイに入れる水をくみにいったら、カ、カエルの人たちに、このつぼを渡《わた》されて……、渡《わた》されたというか」

ぼくがもごもごと説明《せつめい》している間に、水野《みずの》さんがつぼをにらみつけたまま、ゆっくりと猫人間《ねこにんげん》の姿《すがた》になっていった。

「直紀《なおき》さん、カエルの人たちって、つまり、『化けガエル』のことですか？」

「う、うん……」

（もうかくさずぜんぶ話して、水野《みずの》さんに助けてもらおう！）

そう決心したけど、水野《みずの》さんはそれ以上《いじょう》聞いてこなかった。だまったまま、一メートルほど距離《きょり》をとって、上からのぞいたり、下のほうから見上げたり、においをかいだりしながら、用心深くつぼを調べている。

「これは、だれかが封魔札《ふうまふだ》を破《やぶ》ったんですね……、もったいないことを」

「テープでくっつけるのはダメ？」

10

あやしいつぼ

「ダメですよ」

「そうなんだ」

非常事態《ひじょうじたい》なんだけど、まだぼくは、水野《みずの》さんがどうにかしてくれると思っていた。

水野《みずの》さんは、ふしぎなものの世話をしたり、相談にのったりしてみんなにたよられているすごい化《ば》け猫《ねこ》だし、人間よりずっと長く生きてていろんな経験《けいけん》があるはずだから。

水野《みずの》さんがいることに安心しつつ、つぼを見ると、また表面に細い金色の模様《もよう》が現《あらわ》れはじめていた。金箔《きんぱく》のような、きれいな金色が浮《う》き出てくる。

「まただ。水野《みずの》さん、ほら、ここに模様《もよう》が……」

欄間《らんま》の槍《やり》もまたカタカタと動きはじめた。その時、六幻《ろくげん》、おじさん、浮葉《うきは》さんの三人の声が聞こえてきた。

「又吉《またきち》、いるのか？　つぼの中へロープを入れてくれ！」

「水野《みずの》さん、つぼの底《そこ》から出口までの高さが、十メートルくらいあります。直紀《なおき》、おまえは逃《に》げろ！」

「直紀《なおき》ちゃん、このつぼは、表面の月の絵が満月《まんげつ》になると、まわりのものを吸《す》いこみはじめるよ！」

三人が早口で同時にしゃべったので、ぼくも水野《みずの》さんも一瞬固《いっしゅんかた》まってしまった。

「水野《みずの》さん、ぼくたちがいつも命づなに使ってるロープ、あれを二本結《むす》べばちょうど十メートルぐらいになると思う！」

「なるほど、あの柱に結《むす》んであるロープですね」

水野《みずの》さんが柱のところへ行って、ロープをほどきはじめた。

おじさんがきつく結《むす》んでいたから、ほどくのがたいへんそうだった。

「水野《みずの》さん、大きいはさみがあるよ。これで切っちゃえば」

ぼくの声が聞こえたのか、つぼの中からおじさんが大声でさけんだ。

「直紀《なおき》は逃《に》げろ！」

「そんなこと言われても……、あれ？」

つぼの月の絵が、どんどんふくらんで、丸くなっていく。

「直紀《なおき》ちゃん、月の絵が丸くなってないかい？　ここから見える上の出口も、大きく丸くなってきた。今すぐ逃《に》げて！　吸《す》いこまれちまうよ！」

浮葉《うきは》さんが話し終わる前に、つぼから黒い影《かげ》のようなものがシューッと飛《と》び出した。

「えっ？」

真上の天井《てんじょう》にくっついたと思って、ぼくが上を向いた時、すでに影《かげ》は天井《てんじょう》からはなれ、ガムみたいにのびて、びゃっと広がり水野《みずの》さんの体を包《つつ》みこんでいた。

10

あやしいつぼ

「は？」

水野《みずの》さんは一瞬《いっしゅん》でつぼの中へ引きこまれてしまった。

「水野《みずの》さん！」

あっという間すぎて、水野《みずの》さんの悲鳴の続《つづ》きは、つぼの中から聞こえてきた。


つぼの外にいるのは、もうぼくだけだ。

もう、ぼくしかみんなを助けられない。

どうしよう……、どうしたら……。

影《かげ》は目で追えないくらいすばやかった。水野《みずの》さんみたいにつかまったら、つぼからかなりはなれていても引きこまれちゃうかもしれない。

ぱっと庭をふり向いた時、空のツクバイが目に入った。

影《かげ》が追ってこられない、異空間《いくうかん》への入り口。

異空間《いくうかん》にいるあの人が、ぼくたちを助けてくれるようなものかどうかはわからない。

今も魚のままなのか、人の姿《すがた》になっているのかすらも。

だけど、あの人は、おじさんとシロを助けてくれた……。

ぼくはハンガーにつるしてあったウロコの羽衣《はごろも》をつかむと、縁側《えんがわ》に放っていた水の

10
あやしいつぼ

入ったペットボトルを抱《かか》えて、庭へ飛《と》び出した。

ペットボトルのふたを開け、大急ぎでツクバイに水を入れる。

なかなか水がたまらない。

（ま、間に合わない！）

まだ浅《あさ》かったけど、ぼくは思いっきり息を吸《す》いながら、ウロコの羽衣《はごろも》を体に巻《ま》きつけ、水が少しだけたまったツクバイの中に勢《いきお》いよく手を突《つ》っこんだ。

逆《さか》さになって頭から水の中に吸《す》いこまれる寸前《すんぜん》、影《かげ》がつぼから飛《と》び出してきたのが一瞬《いっしゅん》見えた。

11　水の「通路」を通って

水の通路の中は真っ暗だった。

最初《さいしょ》は流れにのって勢《いきお》いよく進んでたけど、ぼくは途中《とちゅう》で息が続《つづ》かなくなってしまった。

水を飲んでむせながらぐるぐる回転して、上も下もわからなくなった時、ひんやりした大きな手がぼくの腕《うで》をガシッとつかんだ。

そのままぐっと引っぱられて、ぼくは明るくて空気がある場所に勢《いきお》いよく飛《と》び出た。

「大丈夫《だいじょうぶ》!?」

若《わか》い男の人の声がした。おどろいてすごくあわててる感じの声だ。

のどや鼻が痛《いた》くて返事ができない。全身ずぶぬれだし、涙《なみだ》も鼻水もよだれもいっぺんに出てるひどい状態《じょうたい》で、せきこみながら顔をあげると、目の前に、庭で見た「透《す》けてる人」がいた。

11
水の「通路」を通って

水の通路の中から、ぼくを引っぱり出してくれたのか、腕《うで》をつかんでくれたひやっとした手が、そのまま肩《かた》にふれている。

そばには、大きな皿のような黒い焼《や》き物の水入れがあった。ぼくはそこから出てきたらしく、水が飛《と》び散《ち》って、まわりが水浸《みずびた》しになっている。

「あ、ありがとう」

どうにかお礼を言うと、ぼくは手とひざを地面についたまま、透《す》けてる人の顔をまじまじと見た。透《す》けていて表情《ひょうじょう》がわかりにくいけど、若《わか》い男の人だ。

(今は人の姿《すがた》になってるんだな……)

「あの……、一度、庭に来た人だよね？」

「そう。あの時は……、迷惑《めいわく》をかけてしまって」

あやまろうとする透《す》けてる人をさえぎって、ぼくは勢《いきお》いよく立ち上がった。

「いいよ！　それより今、とんでもないことになってて……！」

どう説明《せつめい》しようかと思って、ぼくは自分が出てきた黒い水入れを見た。浅《あさ》い皿の中の水はほとんど残《のこ》ってない。

すると、透《す》けてる人は、水入れにすっと手をかざした。

水が、みるみる増《ふ》えていっぱいになる。

11
水の「通路」を通って

水面が平らになるのを待ってから、ぼくは水面をのぞきこんだ。

空と、おじさんちの庭の木が少し見えるけど、つぼを置《お》いていた座敷《ざしき》の様子はわからない。

「この角度だと見えないんだけど、家の中にあるつぼから影《かげ》が出てきて……」

透《す》けてる人は、ぼくの話をさえぎって言ってきた。

「知っている。今、わたしも見ていた」

「えっ、どこから？」

「縁側《えんがわ》に置《お》かれた水から」

「ペットボトルの水か！　お城《しろ》の水があったら、どこでも見えるってこと？」

透《す》けてる人はちょっと首をかしげて答えた。

「わたしが見たいと思ったところが、この水盤《すいばん》に映《うつ》る。でも、見たいと思わなくても、勝手にどこかが映《うつ》ることもある。今朝も、カエルの店が急に映《うつ》った。あの店はお茶が入ったカップがたくさんあるからか、以前《いぜん》からよく映《うつ》っていたんだけど、今朝は、ヘビのおじいさんと浮葉《うきは》さんが、つぼの中に連《つ》れていかれた」

「ヘビのおじいさんも吸《す》いこまれてるの？」

「ヘビがあのつぼを持ってきたんだ。笑《わら》いながらつぼを出したら、自分も影《かげ》につかまった」

あのおじいさんって、けっこうまぬけ？

「とにかく助けてほしいんだ、力を貸《か》して！」

「わたしも助けたくて、さっきから見ていた。だけど、わたしは水盤《すいばん》の中へ入れなくなってしまった。あの庭へ出ていけない」

「えっ、庭に出てこようとしてたの？」

すると、透《す》けてる人ははずかしそうにうつむいた。

「うん。庭に出てきてもいいと言ってもらって、うれしくて……、すぐに行こうと思った」

「そうだったんだ」

「だけど、行けなかった。何かわからない力が働《はたら》いて、止められている気がする。わたしがシロと一臣《かずおみ》を危《あぶ》ない目にあわせてしまったから、もう行けなくされたのかも……」

話しているうちに、ぼくには透《す》けてる人の姿《すがた》が、だんだんはっきりと見えてきた。

透明《とうめい》な服は、表面にくっついているウロコが少ししか残《のこ》っていない。服の生地《きじ》もよく見るとあちこちが裂《さ》けてズタズタになっている。

11
水の「通路」を通って

「ねえ、庭へ行けないのは、その服のウロコが少なくなってるからじゃないかな。おじさんとシロを庭にもどすために、岩場で跳《は》ねてウロコを落としてくれたんだよね？」

ぼくが服を指差《さ》して言うと、透《す》けてる人は初《はじ》めて気づいたように自分の服を見た。

「そうか、体の傷《きず》が痛《いた》まなくなったから、気にしていなかった。服までは、まだ元にもどってないからなのか」

（この人……、おじさんとシロのために、本当に必死《ひっし》に跳《は》ねてくれたんだ）

ぼくは、自分がはおってきたウロコの羽衣《はごろも》を拾い上げた。

「これにいっしょにくるまったらどうかな。そしたら落として足りなくなったウロコの力がもどって、庭へも行けるんじゃないかな」

「うん！　それ、うまくいく気がする！」

透《す》けてる人が、うれしそうにぴょんと跳《は》ねたので、びっくりした。おじさんより大きな大人の姿《すがた》なのに、まるで小さい子と話してるみたいだ。

「ね、ねえ、ぼくは直紀《なおき》。あなたの名前は？　なんてよべばいい？」

「わたしには名前がないんだ」

「そう、なんだ……」

（名前がないって、どういうことだろう）

気になるけど、とにかく今はおじさんたちを助けにもどらないといけない。

透《す》けてる人は、庭へ行く気まんまんだった。いっしょにウロコの羽衣《はごろも》の中に入ろうとして、ひんやりした体をぼくにぎゅうっとくっつけてくる。

ぼくは急に気になって、聞いてみた。

「あの、向こうへ行ってから、どうやってみんなを助けてくれるの？」

「それはもう考えてある」

そう言いながら、透《す》けてる人はひょいっと片手《かたて》を上げた。水盤《すいばん》の水がふん水のようにふき上がって、くるくるっとボールみたいに丸くなる。

「す、すごい……、水を操《あやつ》れるんだ！」

透《す》けてる人は、宙《ちゅう》に浮《う》かせた水を、ばしゃっと水盤《すいばん》へもどすと、にこにこして言ってきた。

「わたしは、あのつぼを水でいっぱいにできると思う。そうしたら、水があふれて、みんなも外に出られるよ」

いきなり大量《たいりょう》の水が湧《わ》いてきて、つぼの中でおぼれてるおじさんたちが思い浮《う》かんだ。

11

水の「通路」を通って

「そ、それはやめて！　危《あぶ》ない気がする！」

透《す》けてる人は、きょとんとしてぼくを見た。

「水を……、少しずつゆっくり入れても、危《あぶ》ないかな？」

「人間と化《ば》け猫《ねこ》はおぼれちゃうと思う。カエルとヘビはわからないけど、みんなが魚のように、長く水中にいられるわけじゃないから」

あせって早口で言ったら、透《す》けてる人がしょんぼりしてしまった。

「わたしはずっとひとりで池の中にいて、外の世界のことは、ぼんやりとしか理解《りかい》できてないんだ」

「で、でも……、水を操《あやつ》れるなんてすごいことだよ」

「また、とんでもないことをしでかしてしまうかも……」

透《す》けてる人は、自分の透《す》けてる両手を見つめて、不安げにため息をついた。

「大丈夫《だいじょうぶ》！」

ぼくは強くはげました。

「何かまずいことが起きそうな時は、ぼくが止めるよ。その力は、気をつけないと危《あぶ》ないこともあるけど……、きっと、だれかを助けるためにも使えるんだと思う」

透《す》けてる人は両手をきゅっとにぎると、ぼくを見てうなずいてくれた。

12 影《かげ》VS透《す》けてる人

ぼくと透《す》けてる人はウロコの羽衣《はごろも》にくるまって、いっしょに水盤《すいばん》の水に手を浸《つ》けた。一瞬《いっしゅん》で全身が水の中に入った。今度は真っすぐ進めて体も回転しなかったけど、水の中にいる時間は、さっきとほとんど同じだった。息をぜんぶはき切ったあと、苦しくてあけた口から、また水をがぼがぼ飲んでしまった。

ぱっと明るくなって目を開くと、そこはおじさんちの庭だった。見なれた緑のコケの庭が、すごくなつかしい場所に思えた。

ぼくは水から上がったアシカみたいに庭に投げ出されて、思いっきりせきこんだ。

「大丈夫《だいじょうぶ》？」

透《す》けてる人が心配して、ぼくの背中《せなか》をさすってくれた。

どうにか息を整えて、ぼくはつぼを置《お》いたちゃぶ台のほうを指差《さ》した。

「あのつぼだよ」

12

影vs透けてる人

「うん」

透《す》けてる人が、なんのためらいもなく家の中へ入っていくのでおどろいた。

「いきなりつかまっちゃうよ！　何かの陰《かげ》にかくれたほうがいいと思う！」

あわてて声をかけると、透《す》けてる人はうなずいて、そばの障子《しょうじ》のうしろに身をかくした。ぼくは家の中には入らず、縁側《えんがわ》の手前のところにしゃがんでかくれた。

縁側《えんがわ》より体を低《ひく》くして、モグラたたきのモグラみたいに、頭だけ出してそうっとつぼの様子を見た。

すぐに、槍《やり》がカタカタと音を立ててふるえだした。

ちゃぶ台の上のつぼに、金色の細い月が現《あらわ》れてきた。ぼくは大声でさけんだ。

「気をつけて！　月の絵が満月《まんげつ》になると影《かげ》が出てくる！」

つぼの中から、さわがしい声が聞こえてきた。

「直紀《なおき》、そこにいるのか!?」

「一臣《かずおみ》さん、直紀《なおき》さんにロープを下ろしてもらわないと！」

「直紀《なおき》、ロープを垂《た》らしてくれ、でも、無理《むり》ならすぐ庭から出ろ！」

みんなの声にまざって、つぼの中から聞きなれない声がした。

「ヘビ一匹《ぴき》、カエル一匹《ぴき》」

小さい子どもみたいな甲高《かんだか》い声だ。

「白猫《しろねこ》一匹《ぴき》、黒猫《くろねこ》一匹《ぴき》、猫人間《ねこにんげん》一匹《ぴき》、人間ひとり、人間の子もほしい。陸《りく》のもの、たくさん、姫様《ひめさま》、ゆるしてくれるかな」

(姫様《ひめさま》？)

透《す》けてる人は、障子《しょうじ》のうしろから少し顔を出すと、つぼに向かってよびかけた。

「ねえ、つぼからみんなを出して」

甲高《かんだか》い声が、威勢《いせい》よく答えた。

「イヤだね！」

次の瞬間《しゅんかん》、つぼから黒い影《かげ》が真上に飛《と》び出した。

(天井《てんじょう》！)

ぼくが天井《てんじょう》を見上げたのと同時に、バシッと音がして、バケツ一杯《ぱい》ぶんくらいの水が、天井《てんじょう》にぶつかった。透《す》けてる人が、影《かげ》を狙《ねら》って自分の手から水を出したんだ。

でも、天井《てんじょう》にはもう影《かげ》の姿《すがた》はなかった。外れた水が、座敷《ざしき》にぼたぼた落ちている。

(どこへ？)

視界《しかい》の端《はし》に黒いものが見えてぞくっとした。

「奥《おく》の壁《かべ》にいるよ！」

12
影vs透けてる人

ぼくがそうさけんだ時には、ぱっと広がった影《かげ》が目の前にいた。

しりもちをついてしゃがむと、影《かげ》は、ぼくの髪《かみ》の毛をかすめて庭へ飛《と》び出した。

透《す》けてる人が庭の影《かげ》に向かって、どんどん水を放っている。

心臓《しんぞう》が飛《と》び出しそうに、早く打ちはじめた。

（今の……、ぎりぎりだった）

ぼくは、転がるようにして家の中へ入って、今度は障子《しょうじ》の裏側《うらがわ》へかくれた。

透《す》けてる人が飛《と》ばした水で、座敷《ざしき》はびしょびしょになっていた。

影《かげ》はすぐ家の中にもどってきた。透《す》けてる人が勢《いきお》いよく水を飛《と》ばしても、影《かげ》はその水をよけて、壁《かべ》や天井《てんじょう》をものすごいスピードで移動《いどう》している。

どっちも速すぎて、見ているぼくは目が回ってきた。

一瞬《いっしゅん》ぼうっとした時、影《かげ》がぼくの真上の天井《てんじょう》に張《は》りついてきた。

（無理《むり》だ、つかまっちゃう！）

ぼくは精一杯《せいいっぱい》のスピードで、そばのふすまの裏《うら》に回りこんだ。

耳元でバンッと大きな音がした。ふすまが外れて、そのままぼくのほうに倒《たお》れてくる。

「うわわっ」

あわてて横へよけると、透《す》けてる人がうれしそうに言った。

「つかまえたよ」

「え？」

倒《たお》れたふすまに、影《かげ》がべたっとくっついていた。

透《す》けてる人は水を出し続《つづ》けて、ふすまごと影《かげ》を押《お》さえつけていた。水は座敷《ざしき》から、廊下《ろうか》や縁側《えんがわ》へと流れ出している。

ぼくはまだ心臓《しんぞう》がばくばくしてたんだけど、透《す》けてる人はもうにっこりしていた。

「この影《かげ》、水にぬれると、動きが遅《おそ》くなるみたい」

「そ、そうだったんだ……、あ、ちょっと、小さくなってきてる？」

「うん。もっと小さくできるかも」

透《す》けてる人はしゃがんで、影《かげ》に向かって水をいっぱい出しはじめた。

なんだか、子どもが水遊びしてる感じだ。

座布団《ざぶとん》くらいに広がっていた影《かげ》はだんだん縮《ちぢ》んでいった。そして、最後《さいご》はぼくの手の平くらいの大きさになった。

「直紀《なおき》、ペットボトルを取ってきて」

「どうするの？」

12

影vs透けてる人

聞きながら、ぼくは庭へ出た。庭には、ツクバイに飛《と》びこんだ時に使った、空のペットボトルが転がっている。

透《す》けてる人はペットボトルを持つと、もう片方《かたほう》の手の先を、円を描《か》くよう回した。するとと、小さくなった影《かげ》がくるっと水に包《つつ》まれて宙《ちゅう》に浮《う》いた。

「うわ、すごいよ！」

透《す》けてる人が、ペットボトルの口に向かってさっと手を動かすと、宙《ちゅう》に浮《う》いていた影《かげ》は、そのまま、するんっとペットボトルの中へ入った。

「ふたを閉《し》めよう！」

ぼくは庭に転がっていた、キャップを取ってきた。

ペットボトルの中で、影《かげ》はすっかりおとなしくなっていた。まるでクラゲみたいに、力なくゆら～っと浮《う》かんでいる。

「そうだ、つぼの出口……！」

急いでつぼのそばへ行って、月の絵を確認《かくにん》した。

絵は満月《まんげつ》のままだ。つまり、出口は開いているってことだ。

ぼくは、つぼの中をのぞきながらよびかけた。

「みんな！　無事《ぶじ》!?　透《す》けてる人が影《かげ》を閉《と》じこめてくれたんだよ！」

12
影vs透けてる人

つぼの中は暗くて何も見えないけど、中のみんながいっせいにしゃべりだした。何を言っているのか聞き取るのがたいへんだった。

つぼの中のみんなと、どうやったら外へ出られるか相談していると、今までだまっていたヘビのおじいさんがしゃべりだした。

「このつぼは、ひっくり返して底《そこ》をたたけば、入れたものを外に出せるのだ」

「なんだと？　早く言え！」

六幻《ろくげん》がものすごく怒《おこ》って言った。

「ただし、それをやると、逆《さか》さになって出口へ落下することになる。カエルやヘビ、猫《ねこ》は大丈夫《だいじょうぶ》だと思うが、人間は……、どうなるかな」

「えっ、人間ってオレだけなの？」

おじさんがあせっていた。

結局《けっきょく》、つぼの中にロープを入れて、ゆっくりかたむければ、ロープにつかまりながら出口まで登っていけるだろう、ということになった。そこで、二本のロープをつないで、片側《かたがわ》を柱に結《むす》んだままつぼの中に入れることにした。

ぼくがロープの準備《じゅんび》をしている間、つぼの中では、ヘビのおじいさんがずっと責《せ》められていた。

おじいさんは、「つぼを店への贈《おく》り物《もの》にしようとした」と言い張《は》っていた。

「見えすいたうそを。あたしらをつぼに閉《と》じこめようとして、自分も吸《す》いこまれただけだろう！」

「自分だけは、つぼの化け物に邪眼《じゃがん》で勝てると思ってたんだろ。まったくまぬけな話だな」

「封魔札《ふうまふだ》を破《やぶ》るなんて、本当におろかなヘビですね！」

さんざんなじられながらも、ロープを入れると灰色《はいいろ》のヘビが真っ先に出てきた。

このヘビがおじいさんの本当の姿《すがた》なんだ。

ヘビの体はつぼの口よりも太かったけど、ロープとつぼの口のすきまから、体をにゅうっと変形《へんけい》させて出てきた。

「ふん、おまえにはカエルの店で会ったな」

ヘビは、ぼくをチラッと見ると、畳《たたみ》をすべるようにはって縁側《えんがわ》まで行った。

そこで、しゅるしゅるっととぐろを巻《ま》いて、ぼくのとなりにいる透《す》けてる人のことを、じっくりと見はじめた。

「『透《す》けてる人』とは、おまえのことか……。時々《ときどき》、わたしのことをのぞいておっただろう。まあ、今日は礼を言うが……」

12
影vs 透けてる人

透《す》けてる人はだまったまま目をきょろきょろさせて、何も答えなかった。

つぼの中から、おじさんがひーひー言ってるのが聞こえてきた。

(おじさんはどうやって出てくるんだろ)

念《ねん》のために、ぼくがちょっとつぼからはなれた時、小さなつぼの口から、おじさんの頭が、まるで風船ガムがふくらむみたいに、にゅーっと、大きくなりながら出てきた。続《つづ》いて、肩《かた》、背中《せなか》、足も出てきて、おじさんはそばの畳《たたみ》に、どさっと転がった。

「はあ~、やっと出られたあ！　うわっ、この部屋なんでこんなにぬれてるんだ⁉」

「えええ……」

びっくりして変《へん》な声が出てしまった。

「今ので、体、大丈夫《だいじょうぶ》なの？」

ぼくはおじさんの体をさわって確認《かくにん》した。どこも変《へん》じゃないし、本人は自分が変形《へんけい》していたことに気づいてないみたいだ。

「シロ、出られたな！」

おじさんの背中《せなか》には、シロがしがみついていた。おじさんはシロを胸《むね》に抱《だ》き寄《よ》せると、透《す》けてる人に気づいて声をかけた。

「おっ、よかった、おまえ無事《ぶじ》だったんだな！」

透《す》けてる人は、声をかけられてちょっとはずかしそうにうなずいた。

おじさんは「なあ、手紙読んだか？」なんて言って、まるでずっと前から友だちだったかのようにしゃべりはじめた。

しゃべってるふたりの間に、水野《みずの》さんが猫人間《ねこにんげん》の姿《すがた》で、にゅるっ、どっすん、と出てきた。

「ひゃあ、ロープがあってもたいへんでしたよ。つぼは丸っこいし、内側《うちがわ》はつるつるだし。うわっ、ここはびしょびしょですね！」

立ち上がると、透《す》けてる人とペットボトルの中の影《かげ》を、感心したように見た。

「あなたが庭に出てきた『透《す》けてる人』ですか。なるほど、水を自由に操《あやつ》れるとは……、いや、たいしたもんだ」

そのあと、六幻《ろくげん》がするっと出てきた。

「くそっ、オレがこんな雑魚野郎《ざこやろう》にやられるとは。体がなまってるし、カンもにぶってる」

水にぬれた脚《あし》を、一本ずつぴっぴっとふってちゃぶ台へ上がると、不機嫌《ふきげん》そうにつぼをのぞいてぼくに言ってきた。

「つぼの中にはあとひとり、カエルのばあさんだけだ。ロープをつかんで自力では登《のぼ》

12

影vs透けてる人

れないらしい。『オレが口にくわえて運んでやるからカエルにもどれ』と言ったが、『食《く》う気だろう！』と疑《うたが》って信用《しんよう》してくれない。しょうがないから、体にロープを結《むす》んで待つように言ってきた。引っぱって出してやってくれ」

水野《みずの》さんがつぼを持って、おじさんとぼくで必死《ひっし》にロープを引っぱった。

浮葉《うきは》さんは出てくるなりあわてた様子で座敷《ざしき》のすみっこへ行った。それから、飛《と》び出しそうなほど大きく目を見開いて、六幻《ろくげん》と水野《みずの》さんだけじゃなく、シロまでもにらみながらふるえていた。

ペットボトルに閉《と》じこめた影《かげ》と透《す》けてる人を囲《かこ》むように、ぼくとおじさんとシロ、水野《みずの》さんと六幻《ろくげん》、それに座敷《ざしき》のすみに浮葉《うきは》さんがいた。ヘビだけは庭だ。

影《かげ》は、ペットボトルの中で小さくなったままだけど、少し泳ぐような様子を見せはじめた。

「一臣《かずおみ》さん、今のうちにこの影《かげ》を、そこの槍《やり》でぶっすりやっちゃいましょう！」

水野《みずの》さんが、欄間《らんま》の下の槍《やり》を指差《さ》した。槍《やり》はカタカタと細かく動き続《つづ》けている。

「見てください、影《かげ》がまだ人を襲《おそ》おうとしているから槍《やり》が反応《はんのう》しているのです。こんなやつをずっとペットボトルに入れてここに置《お》いておくのは危険《きけん》すぎます。封魔札《ふうまふだ》が破《やぶ》られてますから、もう封《ふう》じようがありません」

その時、透《す》けてる人が突然《とつぜん》、影《かげ》の入ったペットボトルのふたを外した。

「な、何を!?」

水野《みずの》さんだけじゃなく、みんなおどろいてさけび声をあげた。

透《す》けてる人は影《かげ》が入っているペットボトルの水を、ちゃぶ台に置《お》いてあるつぼに注ぎはじめた。水は細くなり、一滴《てき》もこぼれずに、つぼの中へ入っていく。

「ほら、入って」

透《す》けてる人が声をかけると、影《かげ》は素直《すなお》に、するん、とつぼに入った。

たちまち、つぼの満月《まんげつ》の絵が欠《か》けはじめ、完全《かんぜん》に消えた。出口が閉《と》じたんだ。

「あの……、このつぼ、ほしいです」

透《す》けてる人は、影《かげ》が入ったつぼを、大事そうに抱《かか》えてぼくらを見た。

「危《あぶ》ないものだけど、わたしが屋敷《やしき》へ持っていけば、この影《かげ》は勝手にこっちへは、出てこられない」

「なるほど!」

水野《みずの》さんは、ぽんと手を打って勢《いきお》いよくうなずくと、てきぱき話しはじめた。

「水の『通路』の向こうへ持っていってもらえるなら、封魔札《ふうまふだ》で封《ふう》じたのと似《に》たようなもんです! そのつぼは、あそこにいるヘビがプレゼントしたと言い張《は》ってまし

12
影vs透けてる人

たから、現在《げんざい》の所有者は、このカエルのご婦人《ふじん》ということですね。カエルのご婦人《ふじん》と
こちらの透《す》けてる方につぼをゆずってもよろしいですか？」

「ぜひ、もらっとくれ！」

浮葉《うきは》さんはそうさけぶと、足をがくがくふるわせながら立ち上がった。

そして、透《す》けてる人を指差《さ》して聞いた。

「水を操《あやつ》れるのは主様《ぬしさま》と同じだ。姿《すがた》も似《に》ている。おまえは何者だい？」

「魚……、でした。鏡池《かがみいけ》の……」

「やっぱり！　主様《ぬしさま》が、自分が亡《な》くなったあと鏡池《かがみいけ》の化け魚が、同じような力を持つようになるだろうと言っていたんだ！」

「主様《ぬしさま》？」

透《す》けてる人は首をかしげた。

「あんたは主様《ぬしさま》を知らないのかい？」

「たまに鏡池《かがみいけ》をのぞきにくる、今のわたしのように体の透《す》けた男の人がいました。長い時間、池を見ていた。思い出は何も見えなかったけど……、あの人のことかな」

「あの水辺《みずべ》で体が透《す》けてるなんて主様《ぬしさま》しかいない。あんたは、主様《ぬしさま》から何かたのまれたりしてないのかい？」

「いいえ……、何も」

「何も？」

思わずぼくも聞き返した。

「うん。あの人はいつも池をながめるだけで、帰っていった」

透《す》けてる人はみんなに説明《せつめい》した。

「わたしは、三百年ほど前に、鏡池《かがみいけ》に放たれたふつうの鯉《こい》でした。しかし鯉《こい》としての寿命《じゅみょう》を超《こ》えても死ぬことはなく、長い年月を経《へ》て体が透《す》けてきました。だけど、別《べつ》に何もできなかった。毎日ただひとりで、石についてるわずかなコケを食べるくらいで……。この姿《すがた》になれたのは、ひと月前です。鏡池《かがみいけ》の中を泳いでいたらいきなり体が人の姿《すがた》に変化《へんか》して……、おどろいて水面に顔を出すと、今暮《く》らしている島と屋敷《やしき》がありました」

水野《みずの》さんが口をはさんだ。

「その島の空は水のようにゆれていて、屋敷《やしき》には屋根がなく、水のゆらめきが見えるのでしょう？　それは、あなただけのすみかです。長く霊気《れいき》の強《つよ》い場所にいたことで、あなたは自分だけの異空間《いくうかん》をもつ、大物妖怪《ようかい》に昇格《しょうかく》したんです。めでたいことです」

透《す》けてる人はとまどったように言った。

12
影vs透けてる人

「めでたい……、のでしょうか。わたしは、自分にどんな力があるのか、何ができるのかもよくわからない。それに、あそこはだれもいないからさみしくて……」

透《す》けてる人は、影《かげ》の入ったつぼをそっと抱《かか》えて庭へ出た。

その時、浮葉《うきは》さんがさけんだ。

「待ちな！　よくお聞き」

ツクバイの前で、透《す》けてる人がふり向いた。

「これは取引《とりひき》だ。神社の雑木林《ぞうきばやし》の中に、あたしがやってるカエルたちが集まる店がある。そこに来れば、あたしが毎日おいしいコケ茶をごちそうする。カエルたちがいてにぎやかだし、きっと今より楽しい時間を過《す》ごせるよ。コケ茶の代金はいらない。その代わり、あんたにはあの店にへビやら猫《ねこ》やらが入らないように守ってほしいんだ。主様《ぬしさま》がこれまでやっていたように！」

透《す》けてる人の顔が、ぱあっとほころんだ。

「あなたのお店のこと知ってます……、コケ茶のことも。時々《ときどき》、水盤《すいばん》に映《うつ》っていたから」

それから、ちょっとためらうように、庭のへビやぼくらを見回して聞いた。

「あの……、わたし、そうさせてもらっても？」

「そうしてあげて！」

ぼくもみんなも賛成《さんせい》した。庭のヘビはだまっていたけど、別《べつ》に文句《もんく》も言わなかった。

「じゃあ、そうします。あ、この手作りのウロコの羽衣《はごろも》、しばらく貸《か》してください」

透《す》けてる人はぺこっとおじぎすると、にこにこしてツクバイの中へ消えていった。

しばらく、しんとしたあと、全員が同時に口を開いて、ぼくにいろいろ質問《しつもん》してきた。

ぼくは、みんながつぼに吸《す》いこまれてからこの庭で起きたことを話した。

ヘビのおじいさんは「すまなかったな」とだけ言って、ヘビの姿《すがた》のままどこかへ消えた。

浮葉《うきは》さんがふらふらひとりで帰ろうとするので、ぼくがお店まで送っていくことにした。へとへとだったけど、もう一度、浮葉《うきは》さんと話せることがうれしくて、ぼくは水にぬれて重たくなったT《ティー》シャツを急いで着替《きが》えた。

大きな入道雲がわいている空の下、自転車を押《お》しながらならんで歩いた。浮葉《うきは》さんは、おじさんのことを聞いてきた。

「あの『おじさん』ってのは、直紀《なおき》ちゃんとどういう関係《かんけい》なんだい？」

「ぼくの母さんの、弟なんだよ」

12

影vs透けてる人

「それじゃ、叔父《おじ》と甥《おい》なんだね。つぼの中であたしが化けガエルだって言っても、ちっともおどろかずにずいぶん親切にしてくれた。あれは、あたしらを助けてくれるいい人間だ」

おじさんがほめられると、ぼくもうれしかった。

城跡《しろあと》までゆっくり歩きながら、ぼくは浮葉《うきは》さんに、おじさんが化《ば》け猫《ねこ》の水野《みずの》さんからあの家を借《か》りてることや、シロや六幻《ろくげん》との出会いまでやっとぜんぶ話すことができた。

それから、透《す》けてる人の話になった。

「鏡池《かがみいけ》の化け魚が、あんなに立派《りっぱ》になって、化け物の相手までできるなんて、想像《そうぞう》もできなかったよ」

「魚だった時に、浮葉《うきは》さんは話したことあるの？」

「いいや、あたしは何度か声をかけたけど、一度も返事がなくてね。ある時、店で『あの魚、声をかけてるのに返事もしない！』って怒《おこ》ってたんだ。そうしたら亡《な》くなった主様《ぬしさま》が教えてくれた。『あの魚は、今、池に来る人間の思い出を見て、時間をかけて人の言葉を覚《おぼ》えてるところなんだろう。自分もそうだった』ってね」

そして、浮葉《うきは》さんはぼくに、主様《ぬしさま》の話をしてくれた。主様《ぬしさま》の名前は「青嵐《せいらん》」。

六幻《ろくげん》が言っていた通りの化けガメだった。

「主様《ぬしさま》は、あたしが出会った時には、お堀《ほり》に住んでたけど、その前は鏡池《かがみいけ》にいたんだよ。鏡池《かがみいけ》にいる時は、池をのぞいてきた者の思い出や考えてることが、勝手に頭の中に見えたそうだ」

「勝手に……？」

浮葉《うきは》さんはゆっくりと話しはじめた。

「そう。主様《ぬしさま》はね、『鏡池《かがみいけ》の水に、池をのぞいた者の心からあふれた想《おも》いや、思い出が溶《と》けこむんだ』って言ってた。あのお方は、頭の中に見えてきたものを水面に映《うつ》す力があったから、だれかの会いたい人の姿《すがた》を映《うつ》してあげていたんだ。それで、鏡池《かがみいけ》は『会いたい人が映《うつ》る池』として、広く知られていった。三百年くらい昔のことだよ」

「あの言い伝《つた》えって、本当のことだったんだ」

「主様《ぬしさま》は、池に来る人によろこんでもらいたくて、たくさんの人を映《うつ》した。実際《じっさい》、池に映《うつ》る人の姿《すがた》を見て、よろこぶ人は多かった。会えない人の姿《すがた》を見ることで、なぐさめられる人もいたんだ。だけど、ある時……」

浮葉《うきは》さんはつらそうに、一度、言葉を切ってから続《つづ》けた。

「主様《ぬしさま》はある男の人に、亡《な》くなった恋人《こいびと》の姿《すがた》を毎日映《うつ》してあげていた。男の人がそれを見て元気になると思ったから。だけど、そうはならなかった。二度と会えない恋人《こいびと》の姿《すがた》を見続《つづ》けたその人は、恋人《こいびと》のいない世界で生きていくことに絶望《ぜつぼう》したんだ。そして、鏡池《かがみいけ》に身を投げて……、亡《な》くなってしまった。主様《ぬしさま》はひどくショックを受けて、自分を責《せ》めた。『自分は人の心が、何もわかっていなかった』と。そして、二度と池に人の姿《すがた》を映《うつ》さないことにした。それから鏡池《かがみいけ》にすむこともつらくなって、お堀《ほり》へ移《うつ》ったんだ。あの魚が鏡池《かがみいけ》にやってきたのは、そのすぐあとだよ」

「そうだったんだ……」

「主様《ぬしさま》は『自分が死んだら、今、自分がもっている力は、鏡池《かがみいけ》にいる化け魚に受け継《つ》がれるだろう。困《こま》ったことがあったら、次はあの魚に相談してみなさい』って話してたんだ。そして、『あの魚も、水に何かを映《うつ》す力をもつことになる。わたしの失敗《しっぱい》を伝《つた》えてほしい』とも言われていた。また、鏡池《かがみいけ》で悲しいことが起きないようにね。自分の記憶《きおく》はつらすぎてとても見せられないから、魚にはあたしから、鏡池《かがみいけ》で何が起きたかを話してほしいって、たのまれていたんだ。あのお方は、亡《な》くなった男の人のことをずっと忘《わす》れず、悔《く》やまれていたから」

「それで……、浮葉《うきは》さんは、ぼくに会った時、鏡池《かがみいけ》をのぞいてたの？」

「そうさ、あの日は、直紀《なおき》ちゃんが先に来て池をのぞいてたから、となりへ行って声をかけたんだ」

ちょうど鏡池《かがみいけ》が見えてきた。静《しず》かな水面に、真夏の空と白い雲が映《うつ》っている。

ぼくたちは柵《さく》のところにならんで、池の中をのぞいた。

「何も見えないけど、化け魚のあの子が住んでる屋敷《やしき》は、ここにあるんだろうね」

水は透《す》き通っていて、底《そこ》の土や沈《しず》んでいる枝《えだ》が見えるだけだ。

「店にヘビが来たり、つぼに閉《と》じこめられたりしたけど、もうすっかり解決《かいけつ》だ。あの日、ここで直紀《なおき》ちゃんと出会えてよかったよ」

ぼくは返事をする代わりに一度深呼吸《しんこきゅう》して、浮葉《うきは》さんのほうを向いて話しだした。

「ぼく、浮葉《うきは》さんのカエルカフェが大好《だいす》きだよ」

浮葉《うきは》さんが、ふしぎそうに見てきた。

「ずっと、お店が続《つづ》いてほしいって思ってる。だけど……」

むずかしいけど、ちゃんと気持ちを伝《つた》えたい。ぼくはおじさんが書いた手紙みたいに、伝《つた》えたいことをひとつずつ順番《じゅんばん》に言うようにした。

「ぼくはもう、カエルカフェへは行かないようにする。化《ば》け猫《ねこ》と仲《なか》のいいぼくが行くと……、やっぱり怖《こわ》いって思うカエルの人もいると思うから。でも、ぼくはこれからもここへ水をくみにくるし、今まで通り側溝《そっこう》にカエルが落っこちてないか気をつけて

12
影vs透けてる人

見ておく。だから、浮葉《うきは》さんも困《こま》ったことがあったら、いつでも声をかけてほしい」

時々《ときどき》つまりつつも、伝《つた》えたかったことをぜんぶ話せた。

ほっとして息をついたら、突然《とつぜん》、浮葉《うきは》さんの目から涙《なみだ》がこぼれた。びっくりして見ていると、浮葉《うきは》さんは小さい声でつぶやいた。

「ありがとう、直紀《なおき》ちゃん……」

そのまましばらく、ぼくを見つめて目をぱちぱちさせていた。そして、口の両端《りょうはし》をぐーっと持ち上げて笑《わら》うと、浮葉《うきは》さんは力強く言った。

「それじゃあ……、これからもよろしくたのむよ！」


びしょぬれになったおじさんちの片《かた》づけは、意外と早く終わった。

畳《たたみ》を庭に出して干《ほ》したり、パソコンのデータが無事《ぶじ》か確認《かくにん》したり、ばたばたしたけど、壊《こわ》れたふすまや室内灯《しつないとう》は、水野《みずの》さんが新しいものを手配してくれた。

家の様子を見にきた水野《みずの》さんが、つぼについてわかったことを教えてくれた。

おじさんが駅前にドーナツを買いに出ていたので、ぼくがひとりで話を聞いた。

「あの影《かげ》はどうやら、海のクラゲが化けたものだったようですよ」

縁側《えんがわ》でコーヒーを飲みながら、水野《みずの》さんが言った。

「へえ、クラゲっぽいと思ったら、本当にクラゲだったんだ」

「水をかけると少し弱くなってたのは、あれが元は海の生き物だからでしょう。海水で生きる生き物を淡水《たんすい》の水槽《すいそう》などに移《うつ》すと、同じ水の中とはいえ生きられませんからね。何か悪いことをして、海から追放されたクラゲのようです。めずらしい陸《りく》のものを土産《みやげ》に持って帰ればゆるしてもらえるかと、いろいろ集めているところを、だれかがあのつぼに封印《ふういん》したという話でした」

「そういえば、『姫《ひめ》様、ゆるしてくれるかな』とか言ってたよね。姫《ひめ》様って……、もしかして『浦島太郎《うらしまたろう》』に出てくる乙姫《おとひめ》様？」

「さあどうでしょう。直紀《なおき》さんは乙姫《おとひめ》様に会ってみたいですか？」

「いや、ぼくはちょっと……。だって、お土産《みやげ》にあの玉手箱を渡《わた》されたら困《こま》るよ」

「わたしは竜宮城《りゅうぐうじょう》で、ご馳走《ちそう》を食べさせてもらえるなら会いたいですね。玉手箱は絶《ぜっ》対《たい》にあけません。ただねえ、竜宮城《りゅうぐうじょう》へ行くには、ものすごく長い水の通路を通らなきゃいけないんじゃないかと思うんですよねえ……」

水野《みずの》さんは真剣《しんけん》に悩《なや》んでいた。

今日もつぼの中の影《かげ》に、話しかけてみる。

「おはよう、ねえ、少し出てきてみない？

ここなら君が出てきても、だれも困《こま》らないよ」

返事はない。

ちょっとノックもしてみる。

コンコン。コンコンコン……。

やっぱり返事はない。

でも、また話しかけてみよう。

だれかに声をかけられるのは、うれしいことだから。


「あのヘビのおじいさんは、どうしてるだろう」

中庭へ出て水盤《すいばん》をのぞく。

すぐに見覚《みおぼ》えのある部屋が映《うつ》った。

本がたくさんある、静《しず》かなヘビの家。

いつも何の音もしない。

今日は、机《つくえ》に置《お》かれたお茶のカップから天井《てんじょう》と、読書灯《とう》が見えている。

じっと見ていると人の姿《すがた》になったヘビの顔が、水盤《すいばん》いっぱいに大きく映《うつ》った。

「また、おまえか。なんでいつも見てくるんだ」

見つかってしまって、どきどきする。

水盤《すいばん》にしょっちゅうヘビの家が映《うつ》るのは、このヘビが、いつもお城《しろ》の水でお茶をいれているからだと思う。

おいしいお茶が好《す》きなヘビなんだ。

「まぬけで孤独《こどく》なヘビを見て、笑《わら》いたいのか？」

イヤそうだけど、ふたはされない。

勇気《ゆうき》を出して言ってみた。

「わたしに、字を教えてもらえませんか。もらった手紙を読みたいんです。返事も……、書けるようになりたい」

ヘビの目が真ん丸になった。

13 夏の終わりに

「ふたりに、わたしの名前をつけてほしい」

透《す》けてる人はぼくとおじさんに、そうたのんできた。

今まで名前がなかったのは、生き物があまりいない鏡池《かがみいけ》で、ずっとひとりぼっちの魚だったからだそうだ。

おじさんとふたりで、赤ちゃんの名づけのサイトとか、辞書《じしょ》を使って何日も考えた。

そして、「瑞光《ずいこう》」という名前を思いついた。

「おめでたい、縁起《えんぎ》のいい光」っていう意味の名だ。

「瑞《ずい》」は、「みず」とも読めるから、水の神様っぽい感じもするし、いい名前だと思う。

瑞光《ずいこう》が神様なのかなんなのかは、本人もぼくらもよくわからないんだけど……。

瑞光《ずいこう》は名前を気に入ってくれて、ちょっとはにかんで言ってきた。

「迷惑《めいわく》でなければ……、時々《ときどき》、ここへ遊びにきたりしたいんだけど」

おじさんとぼくは、そろって首がもげる勢《いきお》いでうなずいた。

「遠慮《えんりょ》なく出てきてくれ。そもそもこの庭は、オレや直紀《なおき》だけのものじゃない。ふしぎなものが集まって、ちょっと休憩《きゅうけい》するようなそんな場所だ」

「うんうん。別《べつ》に何も用がなくても出てきていいよ」

「ほんとにいいの？　あ、ありがとう」

瑞光《ずいこう》はうれしそうに、にこにこしていた。

それから、毎日夕方になると、ツクバイから頭だけを出して、おしゃべりをしにくるようになった。

初《はじ》めて見た時は、生首かと思ってぎょっとしたけど、頭だけ出すほうが落ち着くし、体が水の通路の中に浸《つ》かっていると、ひんやりして気持ちいいって言う。

瑞光《ずいこう》は池に来た人の思い出を見て、長い時間かけて言葉を覚《おぼ》えたそうだ。でも、文字まではわからなくて、おじさんが投げ入れた手紙を読めずにいたらしい。

それで、あのへビのおじいさんを屋敷《やしき》へ招《まね》いて、字を教えてもらうことにしたと聞いた時は、おじさんもぼくも耳を疑《うたが》った。そうして勉強しながら、昼間はカエルカフェでコケ茶を飲んだり、浮葉《うきは》さんを手伝《てつだ》ったりしている。

シロは瑞光《ずいこう》のことを気にいっていて、瑞光《ずいこう》が出てくる時間になると、ツクバイのへりにのって待っている。

六幻《ろくげん》は、化けクラゲにあっさりつかまったことがずいぶんショックだったようで、「体がなまった」と言って、夜中にこっそりトレーニングしているみたいだ。昼間は疲《つか》れて、だいたい寝《ね》ている。

水野《みずの》さんは相変《か》わらず、水野不動産《みずのふどうさん》で忙《いそが》しく働《はたら》いている。

13
夏の終わりに

夏休みも終わりが近づいてきた、明け方。

家のベッドで寝《ね》てると、眠《ねむ》そうな声で母さんが起こしにきた。

「直紀《なおき》、今、一臣《かずおみ》から連絡《れんらく》があったんだけど」

「え？」

「今すぐ直紀《なおき》を起こして『鏡池《かがみいけ》に行くぞ』って伝《つた》えてくれ！　って」

ぼくは飛《と》び起きると、カーテンを開けて外を見た。

まだ暗いけど、東のほうから明るくなってきていた。空の高いところに、小さくてうすい雲が等間隔《とうかんかく》にならんで広がっている。

「ウロコ雲だ……。これから、きれいな朝焼《あさや》けになるのかも。急がなきゃ！」

着替《きが》えようとして、いきなりパジャマを脱《ぬ》ぎはじめたら、母さんが笑《わら》って聞いてきた。

「ほんとに今から出かけるの？」

「うん。おじさんとお城《しろ》の鏡池《かがみいけ》を見にいく約束《やくそく》してるんだよ」

「今日のふたりの朝ごはん、まだ作りはじめてないけど、どうする？」

「作ってほしい！　あとで取りにもどるから」

すぐに家を出て自転車で、鏡池《かがみいけ》へ急いだ。

外がすずしくてびっくりした。半そでだと少し寒いくらいだ。

おじさんも、もう向かっているはずだ。

少し前に瑞光《ずいこう》が、「屋敷《やしき》から、池の外が見えたことがある」と教えてくれたんだ。

それは、静《しず》かな満月《まんげつ》の夜のことだったらしい。

瑞光《ずいこう》は「もしかして、屋敷《やしき》から外が見える時に、鏡池《かがみいけ》に来たら上からわたしの屋敷《やしき》が見えるんじゃないかな？」と言って、ぼくとおじさんは「それ、ありそう！」「見てみたいな！」って、すごく興奮《こうふん》した。

ぼくらは瑞光《ずいこう》の屋敷《やしき》に気軽に行けない。水の通路を通って屋敷《やしき》まで行くのは、ぼくらがおぼれそうになるぎりぎりの距離《きょり》だし、途中《とちゅう》で危《あぶ》ないことが起きるかもしれない。

でも、ぼくとおじさんは、あの屋根のないふしぎな屋敷《やしき》や湖を、もう一度見てみたいと思っていた。それで、外の景色《けしき》が見えたら、瑞光《ずいこう》が庭のツクバイから顔を出して、

13

夏の終わりに

おじさんにすぐ知らせるって約束《やくそく》していた。

それから二度ほど、外が見えたらしい。

一度目は夕暮《ゆうぐ》れで、きれいな三日月が光りだした時だった。でも、その日はおじさんが、晩《ばん》ごはんを食べにぼくのうちへ来ていて、瑞光《ずいこう》が庭へ顔を出しても、だれもいなかった。

二度目は昼間に大きな虹《にじ》が出た時だった。だけど、見えたのは一瞬《いっしゅん》で、瑞光《ずいこう》がおじさんに知らせるひまもなかった。

「外が見える時の条件《じょうけん》って、なんだろう？」

ぼくが首をひねっていると、おじさんが言った。

「はっきりわからないけど……、まるで鏡池《かがみいけ》が、瑞光《ずいこう》にきれいな空や外の景色《けしき》を見せようとしてるみたいだな」

ぼくも、案外《あんがい》それは正解《せいかい》なんじゃないかって気がしてる。

駅前の大通りを渡《わた》ったところで、遠くにおじさんらしい人影《ひとかげ》が見えた。先の交差点《こうさてん》を、城跡《しろあと》に向かってかけ足で曲がっていく。

「おじさーん！」

近くまで行って声をかけると、おじさんが走りながらチラッとふり向いた。

「おう、直紀《なおき》。オレはいいから、先に行けよ」

おじさんを追い越《こ》さないように、ゆっくり自転車をこぎながらぼくは言った。

「ダメだよ。ぼく、もう単独行動《たんどくこうどう》はしないようにする」

「単独《たんどく》行動？」

「別々《べつべつ》に行動してたら、また、ひとりでひみつにしなきゃいけないことを知っちゃうかもしれないでしょ？　ぼく、もうおじさんにかくしごとしたくないよ。ずっとしんどかったもん」

「アハハッ」

おじさんは、ぼくに背《せ》を向けたまま笑《わら》った。

「オレもけっこう気をつかったんだぞ。直紀《なおき》が何かひみつにしていることがあるのはわかったけど、聞いたらきっと困《こま》るんだろうって思ってさ。そうだ、瑞光《ずいこう》が、浮葉《うきは》さんにも知らせるって言ってたぞ。浮葉《うきは》さんも池の中の屋敷《やしき》と湖を見たがってたからって」

「じゃあ、ひさしぶりに会えるんだ」

「たぶんな。おっ、上見ろよ」

見上げると、空いっぱいに広がるウロコ雲が、金色に輝《かがや》きはじめていた。

13
夏の終わりに

「わあ、雲が光ってる！」

これから、まぶしい太陽が顔を出すんだ。

屋根のない屋敷《やしき》から、手をふる瑞光《ずいこう》を想像《そうぞう》しながら、ぼくらは光るウロコ雲の下を進んだ。

初出
朝日小学生新聞連載（2023年1月4日～3月31日）
書籍化にあたり、大幅に加筆・修正し、新たに編集をしました。

山下みゆき

広島県出身。『朝顔のハガキ』（朝日学生新聞社）でデビュー。朝日小学生新聞連載の「遠い山の見える庭」を『直紀とふしぎな庭』（静山社）として書籍化。そのほか共著に「ラストで君は『まさか!』と言う」（PHP研究所）シリーズなど。日本児童文芸家協会会員。童話サークルわらしべ所属。

もなか

1989年生まれ、青森県出身・在住。温かみやストーリー性の感じられるイラストを得意とする。インディーゲーム開発や書籍の挿絵・漫画制作、ミュージックビデオのイラストレーション制作など、幅広く活動中。

直紀《なおき》とひみつの鏡池《かがみいけ》

2024年12月17日　初版発行

作　山下みゆき
絵　もなか

発行者　吉川廣通
発行所　株式会社静山社
〒102–0073東京都千代田区九段北1–15–15
電話 03–5210–7221
https://www.sayzansha.com

印刷・製本　中央精版印刷株式会社
装丁　アルビレオ
組版　アジュール

ISBN 978-4-86389-895-0